Melanie Schilp

Melanie Sch.

D1617772

# Helen D. Boylston
# Carol – Große, schöne Welt

# Helen D. Boylston

# Carol – Große, schöne Welt

Benziger

Berechtigte Übersetzung aus dem Amerikanischen
von Edith Gradmann
Der Titel der Originalausgabe lautet:
»Carol on Broadway«,
Little, Brown and Company, Boston
Umschlag von Sita Jucker

Alle Rechte der deutschen Ausgabe vorbehalten
© Benziger Verlag Zürich, Köln 1971/1977
ISBN 3 545 32138 X
Gesamtherstellung: Salzer - Ueberreuter, Wien
Printed in Austria

# 1

«Ich verstehe wirklich nicht, wie man in zwei Monaten einen solchen Haufen Krempel zusammentragen kann», schnaubte Eleanor Page.

«Es waren zweieinhalb», verteidigte sich Carol.

Unberührt von dieser schwesterlichen Auseinandersetzung saß Ellen Gregg, Carols beste Freundin, unter einem Kleiderhaufen halb begraben, auf dem Fensterbrett und blickte gedankenverloren ins Zimmer. Auf allen Möbeln lagen Röcke, Hosen, Jacken und Badeanzüge, Schuhe waren über den ganzen Boden verstreut. Auf dem Bett stapelten sich Photos, Theaterprogramme, Zeitungsausschnitte.

«Und was gedenkst du mit diesen Scheusälern zu tun, Schwesterlein», höhnte Eleanor und nahm angewidert ein Paar rosarote Seidenpantoffeln vom Kopfkissen. «Die können wir doch wenigstens verbrennen, wenn du dich von dem andern Zeug nicht trennen kannst.»

Carol fuhr herum und riß die Pantoffeln an sich. «Die habe ich doch getragen, als ich im *Rosa-Pantoffel-Chor* mittanzte. Ich kann dir sagen, das war schwierig. Nie im Leben trenne ich mich von diesen Pantoffeln!»

Eleanor lächelte erhaben. «Meinetwegen. Mir ist's egal. Wahrscheinlich wirst du dich auch nie im Leben von diesen Zeitungsausschnitten trennen?»

«Einen werde ich behalten. Jenen mit der Geschichte, wie ich mit dem Milchpferd im Morast steckenblieb. Ich dachte, es würde euch amüsieren.»

«Was war denn das für eine Geschichte? Deine Briefe waren immer so flüchtig.»

Carol und Ellen grinsten. «Eigentlich handelte es sich um Reklame für das Theater, und ich war zum Opfer ausersehen. Unser Reklamechef beschloß, ich sollte bei einem Dorffest mitreiten. Und der Milchmann stellte uns seinen Schimmel zur Verfügung.»

«Und weiter?»

«Dieser Jerome, so hieß das Tier, hatte seine eigenen Ansichten über das Fest, und wir landeten im Sumpf. Das ganze Dorf und alle Theaterleute eilten uns zu Hilfe. Und als sie uns schließlich herausgezogen hatten, war die Freundschaft zwischen Theater und Dorf besiegelt. Mir war reichlich kalt, und dem Schimmel war alles egal.»

«Das hättest du sehen müssen», lachte Ellen. «Nach dieser Geschichte kamen sie in Scharen ins Theater. Alles wegen Carol.»

«Und nun bildet sie sich ein, eine große Diva zu sein, die unbedingt an den Broadway gehen muß, um sich dem erstaunten Publikum zu zeigen?»

«Sei doch nicht so garstig, Eleanor», erwiderte Carol. «Ich gehe nach New York, weil dort die Produzenten sitzen. Keine Schauspielerin macht sich Hoffnung, im ersten Jahr etwas zu erreichen.»

«Natürlich nicht», stimmte Ellen ihr lebhaft bei. «Es ist praktisch ausgeschlossen, ein Engagement zu bekommen. Wir haben eine Bekannte, die sich fast zu Tode gehungert hat.»

Carol warf ihrer Freundin einen flehenden Blick zu. Das hatte gerade noch gefehlt.

«Wenn die Sache so steht», erwiderte Eleanor schnell, «dann ist es doch idiotisch, daß Carol nach New York geht. Zumal Vater dagegen ist. New York ist voll von hoffnungsvollen Wesen, die Schauspielerinnen werden möchten. Aber man weiß ja, daß immer nur ganz wenige Erfolg haben. Es gibt bestimmt nicht viele Schauspielerinnen mit guten Engagements.»

«Das gibt es auch nicht. Sicher sind Tausende arbeitslos.» Jetzt erkannte Ellen ihren Fehler und fügte nervös hinzu: «Aber bei Carol ist das doch etwas anderes.»

Eleanor schaute sie mitleidig an. «Tausende! Und ihr dummen, eitlen Dinger wollt auch dazugehören. Wirklich, meiner Meinung nach ist es nicht anständig von Carol. Für Vater bedeutet das eine ganz schöne Ausgabe, und sie kann nicht von ihm erwarten, daß er ihr ewige Zeiten einen Zuschuß gibt. Damit sie immer weiter etwas tun kann, was ihm mißfällt.»

Carol unterbrach sie verzweifelt. «Es käme noch viel teurer, wenn ich aufs College ginge. Und wenn Vater sieht, daß ich etwas erreiche, wird er seine Meinung ändern. Es gibt Leute, die ein Engagement bekommen, Eleanor, und warum soll ich nicht dazugehören? Alle sagen, ich hätte Talent. Und mein Herz hängt an diesem Beruf. Ich kenne eine Reihe wichtiger Theaterleute – und Ellen auch.»

Eleanor rümpfte die Nase. «Möglich, daß du sie kennst – aber kennen sie auch dich?»

Ellen wurde wütend. «Natürlich kennen sie sie. Miß Marlowe und Madame Orliana und Jane Sefton – sie alle halten Carol für unerhört begabt. Ich habe viel schlechtere Chancen, weil ich nur Elevin an Mr. Richards' Sommertheater war, aber –»

«Aber du hast bewiesen, daß du eine ausgezeichnete Komikerin bist», sagte Carol. «Elevin oder nicht – wir kennen ein paar Produzenten, die große Stücke von Ellen halten.»

Eleanor zeigte sich nicht sehr beeindruckt. «Ihr armen

7

Kinder, fallt doch nicht auf jede Schmeichelei herein! Bildet ihr euch wirklich ein, daß diese Leute sich an euch erinnern, geschweige denn, sich um euch kümmern werden?» Sie blickte auf ihre Uhr. «Himmel, es ist schon vier vorbei! Und ich bin mit Ben verabredet.» Sie rauschte aus dem Zimmer.

«Puh!» stöhnte Ellen. «Ich versteh' nicht, wie du sie ertragen kannst.»

«Ach, sie ist gar nicht so schlimm. Sie muß sich immer nur in Szene setzen.»

«Ich weiß, Carol. Aber irgendwie hat sie sogar recht. Meinst du nicht, daß es noch ein bißchen zu früh für den Broadway ist? Wir können noch ein Jahr warten und uns einer kleineren Theatergruppe anschließen!»

«Das mag für dich vielleicht ganz gut sein», sagte Carol nachdenklich. «Du hast genügend Zeit. Aber diese kleinen Truppen zahlen nichts, und mir bleibt nur noch dieses Probejahr, in dem ich beweisen muß, daß ich von meiner Gage leben kann. Das habe ich Vater versprochen.»

«Ach ja, das habe ich ganz vergessen. Fällt es ihm wirklich so schwer, dir einen Zuschuß zu geben?»

«Aber nein. Natürlich nicht.» Carol beugte sich tief über den Koffer und tauchte mit einem Armvoll Kleider wieder auf. Dann setzte sie sich auf den einzigen freien Stuhl. «Ellen», sagte sie schließlich, «du mußt nicht mit mir nach New York kommen, wenn du es für einen Unsinn hältst. Ich sehe nicht ein, weshalb du ein Jahr verlieren sollst, nur weil du mir versprochen hast, mit mir zu gehen.»

«Bist du verrückt geworden? Ich gehe doch nicht dir zuliebe. Ich will unbedingt nach New York.»

«Wirklich?»

«Wirklich.»

Carol atmete auf. «Schön», sagte sie. Und dann: «Warum gehen wir nicht ein bißchen an die Luft? Ich habe genug vom Auspacken.»

«Es ist schon vier Uhr vorbei, und ich muß nach Hause.» Ellen stand auf, und Carol begleitete sie bis zum Gartentor. Beide waren wieder ganz vergnügt.

Carol blieb vergnügt, bis Ellen außer Sicht war. Dann schlenderte sie verstimmt durch den Garten. Warum mußte diese ekelhafte Eleanor so recht haben? Sie hatten wirklich keine Chancen am Broadway. Hier handelte es sich nicht mehr um ein Sommertheater, wo man sich mit einer gewissen Berechtigung rosige Zukunftshoffnungen machen konnte. Hier galt nur noch die harte Wirklichkeit.

Ach, dachte Carol, warum glauben alle Leute nur an Tatsachen und kein einziger Mensch an mich?

Nachdenklich schaute sie ihrem Scotch Terrier Wilfred zu, der mit dem Kater Smoky zwischen den Blumenbeeten spielte. Und ihre Stimmung verdüsterte sich immer mehr.

Was hatte sie bis jetzt erreicht? Praktisch überhaupt nichts. Einen Winter lang war sie Elevin an einem New Yorker Theater gewesen und dann ein sehr unwichtiges Mitglied eines Sommertheaters, wo sie ein paar gute Rollen gehabt hatte. Aber so ging es Hunderten von Mädchen – und dann kamen sie nicht mehr weiter.

Carol hatte das Gefühl, von der ganzen Menschheit verlassen zu sein. Da wurde sie plötzlich durch einen Höllenlärm aus ihrer Verzweiflung gerissen. Wilfreds und Smokys freundschaftliches Spiel hatte sich durch irgendein Mißverständnis in einen hitzigen Kampf verwandelt. Smoky hatte Wilfred so hart zugesetzt, daß er auf die Straße geflüchtet war. Carol, die ihn auf dem schnellsten Weg zurückholen wollte, sprang über den Garten-

9

zaun und landete vor den Füßen einer gelassenen älteren Dame.

«Verzeihung», rief Carol, «es tut mir leid –»

«Aber das ist doch Carol Page!»

«Miß Waters!»

Die Englischlehrerin blickte ihre ehemalige Schülerin wohlwollend und ein wenig neugierig an. Carol war völlig verwirrt. «Hoffentlich habe ich Ihnen nicht wehgetan», stotterte sie. «Eigentlich ist Wilfred daran schuld oder vielmehr Smoky –»

Miß Waters lächelte. «Wie geht's dir denn, Carol? Ich habe dich schon so lange nicht mehr gesehen. Aber von deiner Mutter habe ich gehört, daß du jetzt schon eine richtige Schauspielerin bist. Gefällt's dir?»

«Es gefällt mir besser als irgend etwas anderes auf der ganzen Welt.» Carol hatte sich nun gefaßt und stand unbefangen – die eine Hand in der Tasche, die andere leicht auf dem Gartenhag – vor ihrer ehemaligen Lehrerin. Sie zappelte nicht, wie sie es früher getan hätte, und ihre Stimme klang klar und ausdrucksvoll, was Miß Waters nicht entging.

«Du scheinst in diesem Jahr eine Menge gelernt zu haben», sagte sie. «Beim Stuyvesant oder beim Sommertheater?»

«Wahrscheinlich bei beiden», erwiderte Carol. «Aber ich glaube, am meisten habe ich doch im Sommertheater gelernt. Ich mußte, und zwar schnell. Unsere berühmten Gäste wollten sich nicht von Anfängern behindern lassen.»

«Mit welchen Berühmtheiten hast du denn zusammengearbeitet, Carol?»

«Einmal mit Freeman Threnody. Aber er war einfach zu –» Carol hielt inne.

«Freeman Threnody? Das war aber eine herrliche Gele-

10

genheit für dich.»

«Ja. Tatsächlich», erwiderte Carol trocken und fuhr dann mit – wie sie hoffte – geziemender Bescheidenheit fort: «Außerdem habe ich die Nichette in der ‹Kameliendame› gespielt, mit Madame Orliana als Camilla.»

«Madame Orliana! Da mußt du aber etwas können, Carol. Das freut mich. Wie ist sie denn?» Miß Waters gab sich alle Mühe, kühl und sachlich zu bleiben.

Carols Gesicht wurde ernst, fast ein wenig ehrfürchtig. «Sie war wunderbar, Miß Waters. Sie besitzt soviel Vitalität und soviel Eindringlichkeit. Und doch hat sie sich stets völlig in der Hand. Selbst die kleinste Pause hat bei ihr eine Bedeutung. Ich habe ihr immer wieder zusehen müssen. Und ihre Camilla war keine zerbrechliche Blüte. Ich mußte eine ganz andere Nichette spielen. Eine Nichette, wie ich sie noch nie vorher gesehen hatte. Es war schrecklich aufregend. Und Madame war so nett zu mir.»

«Du hast eine natürliche Begabung, Carol. Das habe ich schon bei unserer Schüleraufführung gemerkt. Was für Pläne hast du für den Winter?»

«Wir – Ellen und ich – wollen unser Glück am Broadway versuchen.»

Miß Waters dachte einen Augenblick nach. «Das wird nicht leicht sein. Aber ich glaube, daß du Erfolg haben wirst. Und wie ist es Ellen ergangen?»

«Ellen ist gut. Ich weiß, in der Schule machte man sich eher ein wenig über sie lustig. Aber das war, als sie sich noch als Tragödin fühlte. In Wirklichkeit ist sie eine glänzende Komikerin. Und in diesem Sommer war sie die einzige Elevin, die gute Rollen bekam.»

«Das freut mich. Ich finde, ihr habt beide Mut, jetzt schon den großen Sprung zu wagen.» Miß Waters reichte ihr die Hand. «Besuch mich doch, wenn du wie-

11

der einmal nach Hause kommst, Carol. Ich möchte gern wissen, wie es mit euch weitergeht.»

Als sie sich verabschiedet hatte, starrte Carol ihr beseligt nach. Ich habe also doch recht, dachte sie mit Herzklopfen. Ich kann es. Miß Waters versteht eine Menge vom Theater. Sie ist die einzige von allen hier. Und wenn sie denkt, ich kann es –

Da kam ihr wieder Eleanors unerfreuliche Bemerkung über den Zuschuß in den Sinn.

Carol lehnte sich gegen den Gartenzaun und dachte nach. Sie besaß noch den größten Teil ihrer Sommergage. Mit ein bißchen Sparsamkeit sollte das für vier Monate reichen. Und vielleicht gelingt es mir, schon im ersten Monat ein Engagement zu bekommen. In diesem Fall würde ich überhaupt keinen Zuschuß brauchen. Und wenn ich kein Engagement kriege, könnte ich so lange von meinen Ersparnissen leben, daß Vater mir nur im äußersten Notfall Geld schicken müßte. Und dann kann Eleanor wirklich nicht behaupten, ich hätte nicht wenigstens den Versuch gemacht, mich allein durchzubringen.

Carol rannte zum Haus zurück. Das Wohnzimmer war leer. Sie legte eine Platte auf und begann den One-Step aus dem *Rosa-Pantoffel-Chor* zu tanzen. Ihre Augen glänzten, und ihre Füße glitten gewandt und leicht über das Parkett. Sie hörte nicht, daß die Haustür geöffnet wurde.

Richter Page legte seinen Hut auf den Hallentisch, und sein ernstes Gesicht erhellte sich, als er die Musik hörte. Dann ging er zur Wohnzimmertür und beobachtete seine Jüngste, bis Carol ihren Tanz mit einem letzten Wirbel beendete.

«Nett, mein Mädchen! Sehr nett!»

«Vater!» Mit einem einzigen Satz war Carol bei ihm

und schlang ihm die Arme um den Hals. Sie küßte ihn stürmisch. «Ich habe dich gar nicht kommen hören. Stehst du schon lange da?»

«Nur ein paar Minuten.» Richter Page setzte sich in seinen Sessel. «Komm und erzähl mir ein bißchen», sagte er. «Es war einsam ohne dich.»

«Es war auch einsam ohne euch.» Carol setzte sich neben ihn auf den Boden. «Ich habe euch schrecklich vermißt. Aber sag, hat dir mein Tanz gefallen?»

«Sehr. Du scheinst eine vorzügliche Tänzerin zu sein.»

«Nein, eigentlich nicht», sagte Carol. «Tanzen ist nicht meine Stärke. Aber du wirst sehen, eines Tages bin ich eine berühmte Schauspielerin.» Es klang sehr zuversichtlich.

«Dann bestehst du also darauf, nach New York zu gehen?»

«Aber natürlich. Du hast mir doch zwei Probejahre versprochen, und bis jetzt ist erst eines herum.»

«Es kommt mir viel länger vor. Ich hatte gehofft, du würdest die ganze Sache inzwischen sattbekommen und ins College gehen.»

«Aber Vater, warum sollte ich es sattbekommen? Man bekommt das Theater niemals satt. Und übrigens habe ich den ganzen Sommer ein Engagement gehabt und Gage bezogen. Das will doch schon allerhand heißen.»

Richter Page lächelte. «Wahrscheinlich», gab er zu. «Aber denk daran – es war reiner Zufall. Es könnte sein, daß so etwas nie mehr passiert.»

«Beim Theater hängt eine Menge vom Zufall ab. Das weiß ich. Aber Fleiß und Talent zählen auch. Und» – Carol zögerte – «es gibt ein paar wirklich kritische Leute, die behaupten, ich hätte Talent.»

«Das hast du sicher. Aber du wirst erst Neunzehn. Vielleicht hast du noch ganz andere Talente, von denen du noch nichts weißt. Und sich sein Brot als Schauspielerin zu verdienen ist eine gewagte Sache.»

«Ich weiß. Aber kannst du mich denn nicht verstehen? Ich muß einfach auf die Bühne. Und du hast mir ein zweites Jahr versprochen.» Carols Stimme klang entschlossen, und der Richter runzelte die Stirn.

«Sei nicht so melodramatisch, Carol. Du bist kein verkanntes Genie. Und du sollst dein zweites Jahr haben. Aber vergiß nicht: Auch du hast mir etwas versprochen. Falls es sich bis zum nächsten September zeigt, daß du dir dein Leben nicht beim Theater verdienen kannst, so kommst du heim und gehst aufs College.»

Carol war blaß geworden. «Ich werde daran denken», erklärte sie kurz. Ein wenig später sagte sie sehr ruhig: «Übrigens brauche ich deinen Zuschuß nicht, Vater. Und wenn es dir recht ist, komme ich lieber ohne ihn aus.»

Richter Page explodierte. «Ohne ihn auskommen!» donnerte er. «Red doch keinen Unsinn. Deine Mutter und ich hätten keinen ruhigen Augenblick. Von allen diesen lächerlichen, kindischen —»

Seine Stimme dröhnte weiter, während Carol, die das alles schon seit ihrer Kindheit kannte, geduldig wartete, bis der Sturm sich legte. Wenn ihr Vater brüllte, so zeigte das nur, daß er überrascht und betroffen war. Und als er endlich einmal innehielt, um Luft zu schöpfen, sagte Carol nachdrücklich: «Vater, ich habe fast meine ganze Gage von diesem Sommer gespart. Ich habe mindestens 1200 Dollar. Und das reicht bestimmt, bis ich ein Engagement gefunden habe. Ich möchte endlich einmal auf eigenen Füßen stehen.»

Ihr Vater bemühte sich, ein ernstes Gesicht zu machen. «Na schön», sagte er langsam. «Ich glaube, es gibt keinen Grund, warum du es nicht einmal versuchen solltest.»

«Herrlich, Vater!» Carol sprang auf. «Du brauchst dir keine Sorgen um mich zu machen – wirklich nicht. Es wird alles phantastisch gehen.»

Richter Page erhob sich. «Gut.» Er lächelte. Und wenn er jetzt geschwiegen hätte, wäre Carols Winter in New York weit weniger ereignisreich verlaufen. Unglücklicherweise konnte es sich der Richter nicht verkneifen, eine echt väterliche Bemerkung zu machen. «Ich will ja nicht unken», sagte er, «aber meiner Meinung nach bist du in zwei Monaten pleite. Und dann wirst du froh um deinen Zuschuß sein.»

Er meinte es gut und wollte Carol nur versichern, daß sie jederzeit auf das Geld zählen könne. Aber er ließ eine schweigsame Carol im Zimmer zurück – gekränkt und verängstigt. Denn sie wußte genau, daß es ihr nach diesen Worten unmöglich sein würde, um Geld zu bitten – ja auch nur zuzugeben, daß sie es nötig hatte. Mochte kommen, was wollte. Und wenn sie nicht unbeschreibliches Glück hatte, würden 1200 Dollar niemals reichen. «Lieber verkaufe ich Popcorn, bevor ich zu Kreuz krieche und um meinen Zuschuß bitte», sagte sie wütend zu sich selbst. «Lieber – lieber stelle ich mich hin und verkaufe Zeitungen.»


2


Mrs. Page, elegant wie immer, blieb an der Treppe eines Backsteinhauses in einer schäbigen Seitenstraße der Achten Avenue stehen. Das Haus war zwar keineswegs schmutzig, machte aber trotzdem einen heruntergekommenen Eindruck. Die Vorhänge waren verschossen, rostige Abfalleimer versperrten den Zugang, und auf der obersten Treppenstufe kratzte sich eine räudige Katze. Mrs. Pages Aufmerksamkeit entging nichts davon.

«Seid ihr auch sicher», fragte sie Carol und Ellen, «daß das die richtige Adresse ist?»

«Aber ja, Mrs. Page», versicherte Ellen eifrig. «345. Stimmt genau. Ich weiß es, weil Aldred Dean uns damals gesagt hat, die Nummer sei leicht zu behalten. Drei, vier, fünf. Und sie behauptete, es sei unglaublich billig und blitzsauber.»

«Sauber?» wiederholte Mrs. Page gedehnt, während sie die unappetitlichen Abfalleimer musterte.

«Aber Mutter», sagte Carol, «du kannst doch nicht erwarten, daß sie das Zeug im Haus behalten. Tu doch, bitte, nicht so, als ob wir in einem Elendsquartier hausen müßten. Es ist viel besser als das muffige Mädchenheim, das auch noch meilenweit vom Theater entfernt lag. Aldred sagte, Mrs. Garrett sei eine phantastische Hausfrau, die das Haus großartig im Schuß halte.»

«Na schön, Kinder, gehen wir einmal hinein und sehen uns alles an.»

Carols Zuversicht geriet ins Wanken. Wenn sich ihre Mutter gegen Mrs. Garretts Künstlerpension entschied, würden sie einen zweiten Winter in dem steifen, langweiligen Mädchenheim verbringen müssen. Aldred hatte Mrs. Garretts Pension als eine anständige, altmodische Unterkunft für Theaterleute geschildert. Carol und Ellen waren von der Aussicht, hier zu wohnen, begeistert gewesen. Aber Carol hatte jetzt noch einen viel triftigeren Grund, Mrs. Garretts Pension den Vorzug zu geben. Wahrscheinlich würde die Miete viel günstiger sein, und nicht einmal Ellen wußte, daß Carol fest entschlossen war, kein Geld von ihrem Vater anzunehmen. Die Ersparnisse des Sommers würden möglicherweise für den ganzen Winter reichen müssen, und sie durfte nichts verschwenden.

Mit angehaltenem Atem drückte sie also auf die Glocke. Mrs. Page war zur Seite getreten. Sie deutete damit an, daß sie sich nicht an der Unterhaltung zu beteiligen gedachte. Zuerst wollte sie einmal sehen und sich dann entscheiden.

«Aldred hat gesagt, Mrs. Garrett sei eine patente Person, wenn man sie erst einmal richtig kennt», äußerte Ellen hoffnungsvoll, während sie warteten. Dann läutete sie noch einmal.

Und nun hörte man jemand die Treppe herunterpoltern, und eine Stimme rief: «Ich komme ja schon. Nur nicht so stürmisch. Ich bin doch kein Tausendfüßler.»

Eine massige Frau in einem knallroten Kleid erschien in der Türöffnung. Ihr krauses Haar, in dem eine künstliche Rose steckte, leuchtete in einer schwer bestimmbaren Farbe zwischen Rot und Blond.

Carol fragte gepreßt: «Sind Sie – sind Sie Mrs. Garrett?»

«Na, wer denn sonst?»

«Freut mich sehr», erwiderte Carol befangen. «Ich bin Carol Page. Miß Gregg und ich haben Ihnen wegen eines Zimmers geschrieben.»

Mrs. Garretts rundes Gesicht hellte sich auf. «Natürlich. Sie sind die Freundinnen von Aldred. Warum haben Sie das nicht gleich gesagt? Kommen Sie doch herein.»

Sie folgten ihr in einen kleinen, dunklen Vorplatz, dessen Rosentapete vor lauter Photographien kaum zu sehen war. Auch zwei Ölgemälde hingen dort: ein im Schnee verendender Hirsch und ein Schaf, das auf einer giftgrünen Wiese graste. Ein Perlenvorhang trennte den Vorplatz von dem Zimmer auf der linken Seite.

«Den Salon werden wir später besichtigen», sagte Mrs.

Garrett kurz. «Wahrscheinlich wollen Sie zuerst das Zimmer sehen, das ich für Sie reserviert habe. Aber ich habe nur zwei Damen erwartet. Wer ist denn die dritte?»

«Das ist meine Mutter, die uns beim Einrichten helfen will.»

Mrs. Garrett musterte Mrs. Page vom wohlfrisierten Kopf bis zu den glänzenden Schuhspitzen. «Es freut mich, Sie kennenzulernen», sagte sie und brüllte dann mit lauter Stimme die Treppe hinauf:

«Mitzi, Katherine Malloy, was haben Sie da wieder Unmögliches an?» Carol spähte über die breite, rote Schulter. Oben an der Treppe stand ein Mädchen in einem korrekten dunklen Wolltailleur und weißer Hemdbluse, einen hübschen Hut auf dem Kopf.

Mrs. Garrett donnerte erneut. «Sie werden doch nicht die Runde in einem solchen Aufzug machen wollen!»

«Aber – ich denke –»

«Sie denken überhaupt nichts, sonst hätten Sie sich nicht derartig langweilig angezogen. Gehen Sie sofort in Ihr Zimmer, und ziehen Sie Ihr blaues Kleid und die braune Pelzjacke an. Nehmen Sie das Ding vom Kopf, und lassen Sie Ihre Haare auf die Schultern fallen. Sie sollten doch langsam wissen, daß Sie einen Produzenten nur auf sich aufmerksam machen können, wenn Sie sich möglichst auffallend kleiden.»

«Ja», sagte das Mädchen zweifelnd. Dann aber wandte sie sich um und verschwand.

«Mitzi», schwatzte Mrs. Garrett drauflos, «ist so hübsch wie eine Apfelblüte, aber mit dem Verstand hapert es sehr. Und dazu hat sie noch einen Freund, der von ihr verlangt, daß sie sich anzieht wie eine Nonne. Immer wieder versuche ich, ihr einzubläuen, daß ihr der liebe Gott ein hübschen Gesicht und eine reizvolle Figur

18

gegeben hat, damit sie möglichst viel draus machen soll.»

«Sehr richtig», sagte Mrs. Page in einem Ton, der alles andere als Zustimmung erkennen ließ. Und als das Grüppchen nun langsam die Treppe hinaufstieg, dachte Carol unglücklich: es war ja vorauszusehen, daß so etwas passieren muß.

Im ersten Stock angekommen, segelte Mrs. Garrett auf das Ende des Ganges zu.

«Hier ist Ihr Zimmer», sagte sie munter. «Erster Stock, hinten hinaus, ein Doppelzimmer, wie Sie geschrieben haben. Es wird Ihnen sicher gefallen.» Sie steckte den Schlüssel ins Schlüsselloch.

«Mrs. Garrett», sagte eine Stimme hinter ihnen, «Mrs. Garrett.» Die Stimme war tief und klangvoll, alle vier drehten sich gleichzeitig um.

Direkt hinter Mrs. Page stand eine ältere Dame in einem geblümten Chiffonkleid mit einer auffallenden Bernsteinkette. Die alternden Züge drückten Verzweiflung aus.

«Mrs. Garrett», wiederholte die tragische Stimme, «Eileen hat vergessen, meine Handtücher zu wechseln, und unter meinem Bett hat sie nicht gewischt.»

«Nur ruhig Blut, Miß Iverson», sagte Mrs. Garrett beschwichtigend.

«Eileen hat alle Ihre Handtücher gewechselt, bis auf das eine, mit dem Sie Ihre Schuhe poliert haben. Das ist ruiniert, und ich werde es Ihnen auf die Rechnung setzen. Und Sie haben den ganzen Morgen Erdnüsse gegessen. Kein Wunder, daß der Boden schmutzig ist. Eileen ist ein tüchtiges Mädchen, und sie macht ihre Arbeit recht.»

«Das ist eine Schlamperei hier», stöhnte Miß Iverson, «eine heillose Schlamperei.»

Starr vor Entsetzen blickten Carol und Ellen einander an, während Miß Iverson, ohne eine Antwort abzuwarten, den Gang hinabwallte. Mrs. Garrett schloß die Tür auf.

Das Zimmer war groß, sonnig und sehr sauber. Von der Decke hing eine Glühbirne, in der sich die roten Mohnblüten der Tapete spiegelten. Das Ganze machte einen heiteren Eindruck.

Ellens Stimme überschlug sich vor Aufregung. «Oh, Carol, ist das nicht himmlisch! Wir werden uns grüne Vorhänge anschaffen und Bettvorleger und ein paar Stehlampen, und dann wird es toll aussehen.»

«Es hat eine Menge Steckdosen im Zimmer», stellte Mrs. Garrett fest. «Seit ich keine Mahlzeiten mehr gebe, kochen sich meine Mieter gern eine Kleinigkeit auf dem Zimmer. Ich sage immer, eine Kochplatte ist auch nicht gefährlicher als ein Bügeleisen. Und für zwei Dollar mehr können Sie die Küche mitbenutzen, wenn Sie wollen.»

Unsicher blickte Carol ihre Mutter an. Die Küchenbenützung würde eine große Ersparnis bedeuten.

Mrs. Page sah aus wie immer – gelassen, doch interessiert. Und Carol merkte, daß die makellose Sauberkeit Eindruck auf ihre Mutter gemacht hatte. Ihre Hoffnung wuchs.

«Und wie steht's mit dem Badezimmer?» fragte Mrs. Page plötzlich.

«Gerade dort gegenüber. Sie werden es mit Miß Iverson teilen. Im Grunde genommen ist sie eine rührende Person. Aber sie hat irgendwann einmal Lady Macbeth gespielt, und das sitzt ihr heute noch in den Knochen.»

Auch das Badezimmer strahlte vor Sauberkeit. Mrs. Pages Gesicht wurde freundlicher, und Carol atmete auf. Vielleicht wurde doch noch alles gut.

«Ich glaube», sagte Mrs. Page, als sie wieder auf dem Gang standen, «daß –» Sie stockte, und Carol sah zum ersten Mal in ihrem Leben, daß ihre Mutter die Fassung verlor. Mit geöffnetem Mund und aschfahl starrte sie auf die Treppe. Carol folgte ihrem Blick – und Ellen quietschte.

Die Treppe herunter kam ein kleines Tier, geschmeidig und tiefschwarz, bis auf den breiten weißen Streifen von der Nasenspitze bis zum buschigen Schweif.

«Ein Stinktier», stöhnte Ellen, «ein Skunk! Was sollen wir nur tun?»

Der Skunk blieb stehen und blickte sie mit seinen glänzenden schwarzen Augen an. «Aber Herbert», sagte Mrs. Garrett freundlich, «das sollst du doch nicht.» Der Skunk blickte mit seinen Knopfaugen durch das Treppengeländer.

«Herbert», sagte Mrs. Garrett jetzt strenger, «geh sofort wieder hinauf. Was würde Billy dazu sagen? Los, vorwärts, hinauf!»

Der Skunk machte kehrt und begann gemächlich wieder die Treppe hinaufzuklettern.

«Er ist ein lieber kleiner Kerl», sagte Mrs. Garrett zärtlich. «Er gehört Billy Beaseley, dem Komiker. Billy macht eine Nummer mit ihm.» Ellen fand ihre Stimme wieder. «Aber – er – ist wieder hinaufgegangen. Er – hat genau getan, was Sie ihm sagten.»

«Natürlich. Warum auch nicht?» Dann wandte sie sich an Mrs. Page, die sich jetzt vor Lachen schüttelte. «Sie brauchen keine Angst um die beiden Mädchen zu haben. Ich werde mit sämtlichen Stinktieren fertig. Auch mit menschlichen, wenn es sein muß.»

«Das glaube ich Ihnen gern», erwiderte Mrs. Page. «Die Mädchen werden es bestimmt interessant und lustig bei Ihnen haben.»

## 3

Über den rußgeschwärzten Dächern und den schmutzigen Hinterhöfen hoben sich die Wolkenkratzer von Manhattan gegen den hellblauen Septemberhimmel ab.

Ellen beugte sich aus dem Fenster, um die Meeresluft einzuatmen, während Carol hinter ihr schläfrig in einer Schublade kramte. «Es ist unbeschreiblich schön! Einfach himmlisch!» seufzte Ellen.

«Was ist so himmlisch? Das Wetter oder der Blick? Oder der verdorrte Baum im Hinterhof?»

«Alles. Einfach alles. Daß wir wieder in New York sind. Daß wir hier wohnen. Und daß wir Schauspielerinnen sind – und –»

«Ich möchte ja keine Kassandra sein», sagte Carol, «aber bis jetzt spielen wir noch nicht.»

«Aber wir werden spielen», erwiderte die unerschütterliche Ellen. «Auf jeden Fall hat Miß Marlowe im vergangenen Frühling gesagt, daß sie uns sehen will, wenn wir wieder hier sind. Und sie leitet doch jetzt eine Wanderbühne. Ganz bestimmt hat sie irgendeine Rolle für uns. Mußt du denn immer so pessimistisch sein. Das ist doch gar nicht dein Ernst.»

Carols Lächeln gab ihr recht. Sie war genauso begeistert und genauso überzeugt wie Ellen. Und nur der stets gegenwärtige Gedanke an ihr Bankkonto dämpfte ihre Lebensfreude ein wenig. Aber während sie den Kaffee braute und Ellen die Orangen auspreßte, besserte sich ihre Laune zusehends. Es würde ein prachtvoller Tag werden. Sie wollten zum Stuyvesant-Theater gehen, um Miß Marlowe aufzusuchen. Und Carol freute sich darauf, das alte Theater wiederzusehen.

Während sie ihr Zimmer aufräumten – mit einer Sorgfalt übrigens, die ihre Eltern erstaunt hätte –, summten die Mädchen fröhlich vor sich hin. Dann liefen sie die Treppe hinunter und für eine kleine Weile in den Sonnenschein hinein, bis die nächste Untergrundbahnstation sie verschluckte. An der 23. Straße stiegen sie dann endlich aus, die Augen vor Vorfreude strahlend. Die 23. Straße hatte sich, ihrer Meinung nach, keine Spur verändert.

«Dort ist es», rief Ellen plötzlich, und ein paar Augenblicke später standen die beiden Mädchen vor dem Eingang des Stuyvesant-Theaters. Die Fassade war noch genauso, wie sie sie in Erinnerung hatten – schmutzig und altmodisch. Die Mädchen betrachteten sie gerührt.

«O. k., Page», sagte eine leicht heisere Stimme hinter ihnen. «Nur keinen hysterischen Anfall, bitte.»

«Mike!» quiekste Ellen, und Carol drehte sich um, um einem großen, schwarzhaarigen jungen Mann mit hohen Wangenknochen und schrägen Augen die Hand zu reichen. Seine Art war leicht irritierend, aber die Freundinnen hatten ihn nie anders gekannt. Mike Horodinsky war schon irritierend gewesen, als sie alle noch Eleven waren, und auch als Regieassistent an Richards' Sommertheater war er irritierend geblieben.

Er schüttelte ihnen kurz die Hand. «Ich habe mir gedacht, daß ich euch treffen würde», sagte er. «Sucht ihr ein Engagement? Miß Marlowe ist drinnen.»

«Hast du schon etwas gefunden?»

«Essig.»

«Das verstehe ich nicht», meinte Ellen. «Nachdem dich doch jeder kennt.»

«Selbstverständlich», erwiderte Mike ironisch. «Der Broadway hat mit offenen Armen auf mich gewartet.»

Carol zog die Augenbrauen hoch. «Erzähl mir nur nicht, du hättest seit neuestem einen Minderwertigkeitskomplex.» Sie erwartete eine empörte Antwort, doch Mike erwiderte trocken:

«Nein, den habe ich nicht.»

Sein Ton erstaunte Carol, und sie blickte ihn fragend an, als er im gleichen Ton fortfuhr. «Ich muß jetzt gehen. Wir sehen uns schon gelegentlich einmal.» Er drehte sich um, entfernte sich drei Schritte und kam dann wieder zurück. «Wenn ihr's genau wissen wollt», sagte er, «gerade eben habe ich eine Stelle als Regieassistent bei der Marlowe-Wanderbühne abgelehnt.» Mit diesen Worten war er in der Menge verschwunden. Verblüfft starrten die Mädchen ihm nach.

«Was ist nur in ihn gefahren?» fragte Carol schließlich. «Ist er verrückt, ein solches Angebot abzulehnen?»

«Ich weiß es auch nicht. Glaubst du nicht – ich meine, er wird sich doch nicht wieder mit Orchid Wynton verlobt haben?»

«Nein», sagte Carol. «Er geht bestimmt niemals mehr zu ihr zurück.»

«Ich glaube es ja auch nicht», antwortete Ellen langsam. Und dann begeistert: «Du, Carol, wenn Miß Marlowe Mike eine Stellung angeboten hat, dann hat sie bestimmt auch etwas für uns. Komm, schnell!»

«Ich wollte, wir wären wieder hier», sagte Carol sehnsüchtig, als sie durch die staubigen Korridore gingen und in die verschiedenen Garderoben und Requisitenkammern spähten. Sie hatten das Gefühl, kein Theater der Welt mit noch so rauschenden Erfolgen könne ihnen das Stuyvesant ersetzen.

Nach ihrem Rundgang kletterten sie die schmale Treppe zum zweiten Stock hinauf. Miß Marlowes Büro stand offen wie immer, und die Mädchen sahen sie an ihrem Schreibtisch sitzen, das bleiche Gesicht mit den hohen Wangenknochen über ein Manuskript gebeugt. Bei Carols Klopfen schaute sie mit ihrem plötzlichen Lächeln auf.

«Fein», sagte sie mit ihrer klaren, tragenden Stimme. «Wie nett, Sie wiederzusehen.» Sie schob das Manuskript beiseite und lehnte sich in ihren Sessel zurück. «Setzen Sie sich, und erzählen Sie mir, wie der Sommer war.»

Sie berichteten ihr, die jungen Gesichter strahlend in der Erinnerung. Miß Marlowe lauschte, nickte von Zeit zu Zeit, immer interessiert, immer teilnahmsvoll. Es war Carol, die den Bericht mit der Beschreibung schloß, wie sie und Mike eines Abends am Ende der Saison am Strand gesessen hatten.

«Es war ganz komisch», berichtete Carol. «Ich glaube, ich dachte schon lange daran und wußte es nur noch nicht. Oder vielleicht hatte ich auch nur Angst, es mir einzugestehen. Denn als Mike sagte, er wolle versuchen, diesen Winter ein Engagement am Broadway zu finden, da wußte ich ganz plötzlich, daß ich haargenau das gleiche wollte. Und deshalb bin ich hier.»

Sie dachte: Wenn das nicht eine Bitte um ein Engagement gewesen ist, dann weiß ich nicht, was sonst. Und sie wartete atemlos.

Miß Marlowe jedoch erwähnte nichts von der Wanderbühne. Sie nickte nur. «Je jünger Sie anfangen, desto besser. Und welche Pläne haben Sie, Miß Gregg? Wollen Sie mit Miß Page zusammenbleiben?»

Die Mädchen blickten sich an. Miß Marlowes Fragen konnten doch nur bedeuten, daß sie keiner von ihnen ein Engagement anzubieten gedachte, und alle ihre Hoffnungen fielen in sich zusammen. Trotz aller Verzweiflung hörte Carol Ellens etwas zu betont fröhliche Stimme: «Oh, ich gehe auch zum Broadway. Sie denken wahrscheinlich, ich sei verrückt geworden, zumal ich bis jetzt nichts anderes als Elevin gewesen bin.»

«Nein, ganz und gar nicht. Aber es wird nicht leicht sein – das wissen Sie ja beide. Ich hoffe nur, daß Sie nicht auf Ihre Gage angewiesen sind.»

«Nein, nein», sagte Ellen, und als Carol plötzlich merkwürdig verstummte, fügte sie hinzu: «Wir bekommen beide einen Zuschuß von daheim.»

Miß Marlowe machte einen erleichterten Eindruck. «Das freut mich. Haben Sie Adressen von Produzenten?»

«Ja, danke», sagte Carol. «Die Dame, bei der wir wohnen, gab uns eine vollständige Liste.»

«Das ist fein. Ich hoffe, Sie wissen, daß Sie jederzeit hierher kommen können. Sie werden immer willkommen sein. Und wenn ich Ihnen irgendwie behilflich sein kann, so lassen sie mich's wissen.» Es klang wie eine liebenswürdige Verabschiedung, und die Mädchen standen auch sofort auf.

Schweigend und ernüchtert verließen sie das Büro. Schweigend stiegen sie die schmale Treppe hinunter und traten in die 23. Straße hinaus, wo sie unsicher stehen blieben.

Ellen fragte: «Meinst du, wir haben etwas falsch gemacht? Hätten wir sie vielleicht geradeheraus um ein Engagement bitten sollen?»

«Ich – ich weiß es nicht.» Carol kam sich schrecklich unerfahren vor.

«Es muß doch ziemlich offensichtlich gewesen sein, daß wir ein Engagement suchten, und ich glaube, wenn sie irgend etwas für uns gehabt hätte, hätte sie's gesagt. Bei Miß Marlowe mußten wir nicht deutlicher werden.»

«Das habe ich eigentlich auch gedacht. Nur –»

«Nur was?»

«Wir haben doch die ganze Zeit vom Broadway gesprochen, und sie leitet eine Wanderbühne.»

Sie starrten einander an.

«Nein», sagte Carol schließlich, «Broadway hin oder her, kein Mensch würde sich eine solche Gelegenheit entgehen lassen – zumal mit ihrer Truppe. Und das weiß sie genau.» Sie hielt inne. «Wo ist die Liste?»

Ellen zog einen zerknitterten Zettel aus der Tasche und betrachtete ihn mißtrauisch. «Das wird eine feine Sache. Ich habe das Gefühl, einen Besuch in einer Löwengrube vorzuhaben.»

«Macht nichts. Wie heißt der erste Name auf der Liste?»

«Hm – Arthur G. Sweetser – Imperial Building.» Sie kicherte. «Was meinst du, wollen wir nicht zuerst bei einem Metzger ein großes Stück Fleisch kaufen, um es ihm vorzuwerfen?»

«Zu teuer. Und außerdem hat er sich wahrscheinlich schon ein paar junge arbeitslose Schauspieler zum Mittagessen aufgespart. Wir müssen's probieren. Komm!»

4

Das Imperial Building sah ziemlich verwahrlost aus, und innen war es der trostloseste Platz, den Carol jemals gesehen hatte. Die Gänge waren dumpf und schlecht beleuchtet, der braune Linoleumbelag abgetreten. Sie und Ellen standen nervös an einer Tür, auf der mit fleckigen Goldlettern *Arthur G. Sweetser, Theaterproduzent* stand.

«Das scheint's zu sein», sagte Carol bedrückt.

Ellen, ebenso bedrückt, konnte nur noch nicken.

Carol spürte einen würgenden Kloß in der Kehle. «Ich glaube», sagte sie, «wir müssen uns einfach darauf einstellen, daß er gräßlich ist. Dann macht's uns weniger aus.»

«Ich möchte am liebsten losheulen», sagte Ellen, «ganz egal, wie er ist.»

«Aber wir müssen hinein. Es bleibt uns gar nichts anderes übrig.» Die ganze Sache war ein Alpdruck. Warum mußten sie und Ellen in das Büro eines fremden Menschen gehen, ihm erklären, daß sie Schauspielerinnen seien, und ihn bitten, ihnen ein Engagement zu geben? Carol wünschte sehnlichst, sie wäre aufs College gegangen. Sie wünschte, sie wäre daheim, versteckt unter ihrem Bett. «Aber schließlich muß das jeder einmal durchstehen», sagte sie mehr zu sich selbst als zu Ellen, «und es heißt, mit der Zeit gewöhne man sich daran. Komm, Ellen, wir müssen.»

Bevor sie ihre Meinung wieder ändern konnte, öffnete sie rasch die Tür und trat in das Büro.

Mr. Sweetsers Wartezimmer war spartanisch ausgestattet. Es enthielt eine Holzbank und einen alten Tisch, auf dem eine Schreibmaschine stand. Hinter dem Tisch saß ein grimmig aussehendes Mädchen, das kaum aufblickte, als die beiden Freundinnen eintraten.

«Ist Mr. Sweetser zu sprechen?» Carol versuchte, es entschlossen und eindrucksvoll klingen zu lassen.

Das Mädchen teilte ihr mit, daß Mr. Sweetser beschäftigt sei, und fragte, um was es sich handle.

«Um – um eine Rolle», sagte Carol, und dann, bemüht es berufsmäßiger und erfahrener klingen zu lassen, fügte sie hinzu: «Wir dachten, er stelle vielleicht ein Ensemble zusammen.»

Das Mädchen erwiderte in dem gleichen gelangweilten Ton, daß Mr. Sweetser kein Ensemble zusammenstelle. Sie könnten aber auf jeden Fall einmal ihren Namen und ihre Adresse angeben. Sie kramte sogar zwei kleine

Karteikarten hervor, spannte eine davon in ihre Schreibmaschine und sah Carol erwartungsvoll an.

Carol gab ihren Namen, ihre Adresse und ihre Telephonnummer an, und auf die Frage *Praxis?* erwähnte sie stolz die zehn Wochen, die sie als zweite Naive an Mr. Richards' Sommertheater verbracht hatte.

Ellen machte einen weit weniger guten Eindruck. Als sie schüchtern gestand, daß sie bis jetzt nur Elevin gewesen sei, schüttelte das Mädchen den Kopf und zog die Karte wieder aus der Maschine.

«Mr. Sweetser verhandelt mit niemandem, der noch keine Berufserfahrungen hat», sagte sie und warf die Karte in den Papierkorb.

Das rüttelte Ellen auf. «Aber das ist nicht fair», protestierte sie. «Angenommen, ein wirkliches Genie kommt zu Ihnen? Ich meine, wie soll man zu Erfahrungen kommen, wenn niemand einen engagieren will?»

Die Sekretärin blickte sie gleichgültig an. «Hören Sie», sagte sie, «wenn ich die Antwort auf diese Frage wüßte, säße ich nicht hier. Alles, was ich weiß, ist, daß Mr. Sweetser niemanden ohne Praxis empfängt.»

«Das sollte er aber tun», erwiderte Ellen. «Es könnte ja plötzlich die Duse hereinschneien, und er hätte keine Ahnung, wenn er dort hinter der Tür sitzt und niemanden empfängt.»

Das Mädchen starrte Ellen eisig an, zuckte die Schultern und ging zu dem Aktenschrank am andern Ende des Zimmers. Es war eine deutliche und nicht gerade taktvolle Verabschiedung.

«Schön», sagte Carol, als sie im Gang draußen standen. «Das war der erste. Und wir hatten recht, es war gräßlich.»

Ellen nickte und schluckte. Ihre runden blauen Augen schwammen in Tränen. Aber sie fischte die Adressenliste aus ihrer Tasche, schaute sie an und sagte tapfer: «Der nächste ist Murray an der 44. Straße. Wahrscheinlich werden sie dort genauso widerlich sein.»

Und sie waren widerlich bei Murray. Ebenso im nächsten und übernächsten Büro. Carol hatte das Gefühl, daß sie den ganzen Tag von einem Büro zum andern stiefelten, nur um zu sehen, wie oft man sie abweisen würde.

Der Gedanke, daß es Tausenden und Abertausenden ebenso erging, war auch kein Trost. Sie sahen viele dieser arbeitslosen Schauspieler auf den harten Bänken sitzen. Da waren hübsche, ausgemergelte Burschen. Da waren Mädchen, manche sogar jünger als Carol, deren reizvolle Züge schon von Härte, Bitterkeit und Berechnung gezeichnet waren. Da waren ältere Mädchen, Mitte zwanzig. Noch viel erschreckender aber waren die Männer und Frauen in mittleren Jahren, erfahrene Schauspieler, die die Sekretärinnen bereits kannten und die trotzdem immer die gleiche Antwort erhielten: *Heute nichts.*

Um fünf Uhr machten sich die Mädchen, erschüttert und entmutigt, auf den Heimweg.

«Gut», sagte Carol düster, als sie Mrs. Garretts dunklen Vorplatz betraten, «jetzt weiß ich wenigstens, warum man immer behauptet, eine Schauspielerin müsse Ausdauer haben». Müde ließ sie sich neben Ellen auf einen Stuhl fallen. «Ich kann mich nicht mehr rühren.»

Schweigend starrten sie auf den im Schnee verendenden Hirsch.

So saßen sie, bis sich draußen im Schlüsselloch ein Schlüssel drehte und ein Mann mit einem großen Handkoffer eintrat. Da er offensichtlich die Treppe hinaufgehen wollte, mußten sie aufstehen, um ihn durchzulassen. Unwillkürlich stöhnte Ellen.

30

«Müde?» fragte der Mann.

«Erledigt», erwiderte Ellen.

«Wahrscheinlich machen Sie noch nicht lange die Runde?» sagte der Mann freundlich. «Sie werden sich schon noch daran gewöhnen. Was mich betrifft, so weiß ich immer noch nicht genau, ob es schlimmer für mich oder für Herbert ist, der in seinem Koffer bleiben muß.»

«Herbert!» rief Carol. «Ist das nicht – ? Sie sind also der Mann mit dem Skunk?»

«Richtig. Ich bin Billy Beaseley. Und Sie sind wahrscheinlich Miß Page und Miß Gregg. Kennen Sie Herbert schon?»

«Wir haben ihn gestern auf der Treppe getroffen», erklärte Ellen. «Mrs. Garrett hat ihn wieder hinaufgeschickt. Er hat aufs erste Wort gehorcht.»

«Natürlich. Herbert ist der beste Skunk, den ich je hatte. Fast so gescheit wie ein Mensch.»

Carol vergaß fast ihre Müdigkeit. «Dürften wir ihn sehen?»

«Selbstverständlich. Kommen Sie in den Salon. Herbert ist gern dort.»

Die Mädchen folgten ihm in das kleine vollgestopfte Vorderzimmer und setzten sich erwartungsvoll auf ein Sofa. Billy Beaseley öffnete seinen Koffer.

«Hallo, Boy», sagte er.

Mit einem einzigen Satz witschte Herbert heraus, schüttelte sein gestreiftes Fell und schaute Billy an, der zu ihm sagte: «Geh hinüber und sprich mit den jungen Damen.» Herbert schaute sich nach den jungen Damen um und näherte sich dann dem Sofa, sichtlich Aufmerksamkeit und Zuneigung erwartend. Ein wenig zögernd faßte Carol nach seinem Kopf.

«Nur keine Angst», sagte Billy. «Er hat keine Stinkdrüsen mehr. Sicher ist sicher. Sie müssen wissen, ein Skunk ist das zutraulichste Tier auf der ganzen Welt. Herbert vergißt keinen Menschen, der nett mit ihm ist.»

«Ich habe noch nie einen dressierten Skunk gesehen», sagte Carol.

«Es gibt auch nicht viele. Die Leute verstehen nicht, mit ihnen umzugehen. Sie versuchen, sie wie Hunde abzurichten. Und das ist ganz falsch. Hunde verlangen eine starke Hand. Und ein Skunk würde das nicht ertragen. Man muß lieb mit ihnen sein. Wenn Sie Herbert jetzt nur ein bißchen bewundern, bleibt er sein Leben lang Ihr Freund.»

Die Mädchen beugten sich über das Tierchen, streichelten es, bewunderten sein Fell und redeten zärtlich mit ihm. Carols klare, tragende Stimme schien es ihm anzutun, denn plötzlich stellte er sich auf die Hinterbeine und schmeichelte wie eine Katze, die auf den Arm genommen werden will. Nach einem kurzen Zögern tat Carol ihm den Willen. Er kletterte auf ihre Schulter und ließ sich dort behaglich nieder, seine kleine kalte Nase an ihren Hals gepreßt.

«Er macht sich seine eigenen Gedanken», sagte Billy grinsend.

«Er ist bezaubernd», meinte Carol. Und dann, eigentlich mehr, um das Gespräch in Fluß zu halten, fragte sie: «Wo treten Sie jetzt gerade auf, Mr. Beaseley?»

Ein Schatten flog über Billys Gesicht. «Im Augenblick sind Herbert und ich sozusagen frei. Wir hätten uns letztes Jahr wieder beim Zirkus engagieren lassen sollen. Aber nein, wir waren zu stolz dazu.»

«Mögen Sie den Zirkus nicht?» fragte Carol, die Wange an Herberts kleinen Kopf gelehnt. Herbert stupfte sie mit seiner Nase.

«Ob ich ihn mag?» Billys zerfurchtes Gesicht sah unendlich traurig aus. «Es geht nichts über den Zirkus.

Nichts auf der ganzen Welt. Und Zirkusleute sind so freundlich. Und so stolz auf ihre Arbeit. Und die Begeisterung der Kinder. Ihnen gefällt alles, und sie jubeln und lachen und springen von ihren Sitzen hoch. Ich spiele immer nur für die Kinder. Und ich vermisse sie schrecklich.»

«Aber dann verstehe ich nicht –»

«Der Zirkus ist auch nicht mehr das, was er war. Früher war ein Zirkus klein genug, daß der Clown zur Geltung kam. Ich war früher Zirkusclown, und der Skunk war nur eine meiner Nummern. Aber es war ein kleiner Zirkus, und die Kinder konnten alles sehen, was ich machte. Heute muß ein Zirkus, der etwas auf sich hält, mindestens zwölf Ränge haben und drei Elefantenherden, die sich am Trapez produzieren. Ein Clown ist nur noch dazu da, die Pausen auszufüllen.»

Carol und Ellen blickten ihn mitleidig an.

«Ich habe noch nie einen richtigen Clown kennengelernt», sagte Carol mit so viel Respekt in der Stimme, daß Billy errötete.

«Im Zirkus war ich ein Clown. Und jetzt sind Herbert und ich einfach ein Paar, das seine Nummer anzubringen versucht.»

Eine schwarze Nase lugte unter Carols Kinn hervor, und einen Augenblick lang schauten zwei glänzende Augen Billy an. Dann versuchte Herbert herunterzuklettern, und Carol setzte ihn vorsichtig auf den Boden. Herbert tatzelte durchs Zimmer auf seinen Herrn zu.

Billy nahm ihn hoch und streichelte ihn. «Nein, wir machen uns keine großen Sorgen», sagte er ruhiger. «Wir sind noch immer durchgekommen, und wir kommen weiter durch.» Er nahm Herbert auf den Schoß.

«Ich wollte, ich hätte das gleiche Gefühl», sagte Ellen unglücklich. Billy blickte sie rasch an. «Wahrscheinlich sind Sie noch nicht lange im Beruf?»

«Wir haben heute zum ersten Mal die Runde gemacht», gab Carol zu.

«Erzählen Sie, wie war's?»

Sie erzählten ihm jede Einzelheit, und Billy hörte ihnen, halb traurig, halb lächelnd, zu.

«Das Schlimme mit Euch Kindern ist», sagte er, als sie geendet hatte, «daß Ihr die falsche Einstellung habt. Ihr müßt Euch immer sagen: *Ich weiß, daß ich heute kein Engagement bekomme.* Aber das genügt noch nicht. Ihr müßt Euch darüber klar sein, daß Ihr damit ja schon eine Arbeit habt. Ich meine, daß ein Engagement zu suchen eine richtiggehende Arbeit ist.»

«Aber wir sind völlig erschöpft», sagte Carol.

«Jede Arbeit macht müde. Ihr müßt den Dreh herausbekommen. Heute habt Ihr eine Menge Fehler gemacht. Zum Beispiel, daß Ihr aus Sweetsers Büro weggelaufen seid, kaum daß seine Sekretärin Euch hat abblitzen lassen. Ihr hättet warten und Sweetser selber fragen sollen. Er hätte Euch zu sich hereingenommen, weil er momentan keine Produktion macht und mit jedem spricht. Selbst mit Ihnen.» Er nickte Ellen zu.

«Aber wir wußten doch nicht, daß im Augenblick nichts von ihm läuft.»

«Das müßt Ihr aber wissen. Ihr müßt die Zeitungen lesen. Sämtliche Zeitungen. Und Ihr müßt Euch mit den Theaterleuten unterhalten und aufpassen, was sie sagen. Macht Euch eine Liste, wer was tut. Trefft Euch mit Leuten, die wissen, was vorgeht. Das will nicht heißen, daß Ihr nicht verhungert, wenn Ihr das alles tut – aber wenn Ihr es nicht tut, verhungert Ihr bestimmt.»

«Herzlichen Dank», sagte Carol nachdenklich.

«Und noch etwas: seid nett zu den Sekretärinnen und Empfangsdamen. Ihr ahnt nicht, wie oft sie jemandem, den sie mögen, eine Gelegenheit verschaffen können – oder jemandem, den sie nicht mögen, alles verderben.»

Billy schwieg und streichelte Herbert. Kurz darauf sagte er: «Jetzt habe ich aber lange genug geschwatzt. Also denkt daran: nicht gleich die Flinte ins Korn werfen, wenn man Euch nicht sofort eine Bombenrolle anbietet. Und macht Euch keinen Kummer, arbeitslos zu sein. Es ist schon Arbeit genug, sich ein Engagement zu suchen. Und glaubt mir, man lernt allerhand dabei. Auch das gibt Praxis und Erfahrung.» Er stand auf, setzte Herbert auf den Boden und nahm den leeren Koffer auf. «Sag den Damen adieu, Herbert.»

Herbert verbeugte sich.

«Viel Glück! Komm, Kleiner.» Beide verschwanden hinter dem Perlenvorhang.

Schweigend saßen die Mädchen auf dem braunen Plüschsofa. Dann erhob sich Carol. Die Enttäuschung war aus ihren Zügen gewichen.

«Wird gemacht», sagte sie lächelnd zu Ellen. Und ihre Stimme hatte einen neuen Klang.

5

An diesem Abend gingen die Mädchen früh schlafen – zwar immer noch müde, doch jetzt wieder zuversichtlicher.

Als sie am nächsten Morgen erwachten, war das Zimmer von Sonnenlicht durchflutet. Carol, die als erste ins Badezimmer gegangen war, kehrte strahlend, mit glänzenden Augen von dort zurück.

«Ich habe eine Bekanntschaft gemacht», rief sie und warf ihr Handtuch aufs Bett. «Das Mädchen, das wir auf der Treppe sahen. Mitzi. Über deren Verstand sich

Mrs. Garrett so wohlwollend verbreitete. Sie kommt zum Frühstück herüber.»

«Wenn sie wirklich so dumm ist, dann weiß ich nicht, was sie uns nützen soll.»

«Sie hat schon in zwei Stücken gespielt. Und das eine ist vier Monate gelaufen. Eigentlich habe ich sie aber aufgefordert, weil sie mir gefiel.»

«Das ist etwas anderes.»

Mitzi konnte einem aber auch gefallen. Das glänzende Haar ringelte sich über ihre Schultern, die Augen waren von einem dunklen Blau, und die ganze Person wirkte so gepflegt und sauber, daß es ein Vergnügen war, sie anzusehen. Sie glich einem glücklichen Kind. In Anbetracht dessen war ihre Geschichte überraschend.

Sie war nach New York gekommen, so erzählte sie, weil sie das kleine Nest, in dem sie aufgewachsen war, haßte und New York für sie die Stadt ihrer Sehnsucht war. Schließlich hatte sie eine Stelle als Stenotypistin bei einer Presseagentur gefunden. «Und dann, eines Tages», erklärte Mitzi, selbst immer noch erstaunt, «schickten sie mich zum Garrick-Theater mit ein paar Schriftstücken für den Mann, der ‹Mein Elternhaus› inszenierte. Er war nicht da. Ich legte also die Papiere auf seinen Schreibtisch und ging wieder weg. Aber irgendwie verirrte ich mich und stand plötzlich auf der Bühne. Und irgend jemand brüllte: ‹Da ist sie ja. Genau das Mädchen für die Rolle. Komm her, Kind, und lies das einmal vor! Es war Hanson Elliot, der in seinem eigenen Stück Regie führte.»

«Hanson Elliot!» quiekste Ellen und ließ fast die Kaffeetasse fallen. «Du lieber Himmel. Ich wäre auf der Stelle tot zusammengebrochen, wenn er mit mir gesprochen hätte. Und was hast du gemacht?»

Mitzi lächelte schüchtern. «Wenn mir das heute passierte, würde ich auch tot zusammenbrechen, doch damals wußte ich noch gar nicht, wer er war. Ich hatte in dieser Presseagentur gearbeitet und dachte, alle Autoren seien hochnäsig und die Schauspieler noch viel schlimmer. So sagte ich ihm einfach, daß ich nur eine Stenotypistin sei und von der Schauspielerei überhaupt nichts verstünde. Aber er behauptete, das sei ganz gleich. Er könne einem Kalb mit zwei Köpfen das Theaterspielen beibringen.»

«Ich habe schon gehört, daß er so ist», sagte Carol.

«Er war reizend. Natürlich konnte er keine richtige Schauspielerin aus mir machen. Er beschwor mich immer wieder, nur ja nicht selbständig zu denken – nur einfach das zu tun, was er mir sagt. Und das war natürlich ganz falsch.»

Carol hütete sich zu sagen, daß Hanson Elliot wahrscheinlich recht gehabt hätte, Mitzi am Denken zu hindern. Sie meinte nur, das klinge fast zu schön, um wahr zu sein.

Mitzi stimmte ihr bei. Doch so, als ob das alles ganz selbstverständlich sei. Carol wußte, daß für Hunderte von jungen Menschen ein solches Ereignis ein Wunder gewesen wäre. Doch für Mitzi schien das einzige Wunder ihr zweites Engagement. Bei den *New World Players.*

«Nachdem Mr. Elliots Stück ausgelaufen war», fuhr Mitzi fort, «hatte ich eine ziemlich scheußliche Zeit. Meinen Beruf hatte ich natürlich aufgegeben, denn es gefiel mir, Schauspielerin zu sein. Es kam mir aufregend und vergnüglich vor. Natürlich», fügte sie hastig hinzu, «verstand ich damals noch nicht den wahren Sinn der dramatischen Kunst.»

Es schien, daß Mitzi dann mindestens ein Jahr lang kein Engagement mehr gefunden hatte. Ein paarmal hatte sie

am Radio gesprochen und eine Weile als Modell gear-
beitet. Doch meistens war sie mit hungrigem Magen von
einem Produzenten zum andern getrabt, bis sie eines
Tages erfuhr, daß die *New World Players* «*Zurück zum
Staub*» aufführen wollten. Vom Hunger getrieben, hatte
sie sich dort vorgestellt.
Und das war der Augenblick, in dem Mitzis Wunder
passierte. Man hatte ihr eine kleine, aber gute Rolle ge-
geben. Und im Verlauf ihrer Erzählung tauchte der
Name Collin immer öfter auf. Collin war ein junges
Mitglied des Ensembles.
«Er ist schrecklich gescheit», erklärte Mitzi stolz. «Er
war auf dem College und auf einer Schauspielschule,
und er hat eine Unmenge gelesen – mehr als die meisten
Leute, die ich kenne. Er sagt, der ganze Erfolg einer
Vorstellung hängt von der richtigen Kurve der Dynamik
ab.»
«Von was?» fragte Carol
Mitzi blickte sie verlegen an. «Ich bin vielleicht ein
bißchen wirr», gestand sie. «Ich bin nur neun Jahre in
die Schule gegangen, und dann konnte ich meine Hei-
matstadt keine Minute länger ertragen. Aber Collin
sagt: ‹Die wahre Erziehung ist Selbsterziehung.› Jetzt gerade lese ich Stanislavsky. Collin sagt: ‹Nur so kann
man sich der Schauspielkunst nähern.›»
Carol glaubte nicht, daß diese Lektüre Mitzis Karriere
fördern würde, und sie vermutete, daß dieser Collin ein
Wichtigtuer sei. Und im Verlauf der Unterhaltung
wuchs ihre Abneigung gegen ihn immer mehr. Mitzi
jedoch war in ihrer kindlichen Art so reizend, daß die
beiden Mädchen sie richtig liebgewonnen hatten. Sie begleitete Carol und Ellen die Treppe hinunter, um sich an
der Tür von ihnen zu verabschieden und ihnen Glück zu
wünschen.

38

Die langen Straßen schienen heute morgen hell und freundlich. Carol trug den Kopf entschlossen hoch. Die getreue Ellen neben ihr – zwar ebenso entschlossen – sah bedeutend weniger dramatisch aus. Sie waren sich einig, daß es nur auf das Wie ankam, und fühlten sich sehr zuversichtlich. Doch als Carol vorschlug, die Runde wieder bei Arthur Sweetser zu beginnen, weigerte sich Ellen plötzlich.

«Nein, Carol», protestierte sie, «du übertreibst. Alles, was du willst – aber mit diesem Mädchen kann ich nicht wieder sprechen. Die andern waren ja auch schrecklich – aber die war besonders widerlich. Und Ex-Elevinnen dürfen sich sowieso nicht in Sweetsers Büro zeigen.»

«Na, wenn du nicht willst», tröstete Carol sie, «dann setz dich doch einstweilen in ein Café und lies die Theaternachrichten, damit wir uns eine Liste machen können. Und wenn du es satt hast, auf mich zu warten, dann ziehst du auf eigene Faust los, und wir treffen uns bei Macklin zum Mittagessen.»

Erleichtert nahm Ellen den Vorschlag an, kaufte sich einen Stoß Zeitungen und hielt Ausschau nach dem nächsten Café, das einigermaßen gemütlich aussah.

Mr. Sweeters Büro sah noch genauso trist und entmutigend aus. Doch heute spürte Carol keine Angst mehr. «Und ich werde ihn sprechen», sagte sie zu sich selbst. «Und wenn es bis zum nächsten Sommer dauert. Und ich werde dieses Mädchen dazu bringen, mich sympathisch zu finden.»

Sie schloß die Tür hinter sich und näherte sich mit einem freundlichen Lächeln der Sekretärin. «Hallo», sagte sie, «ist Mr. Sweetser da?»

«Er ist da – aber er hat keine Zeit», erwiderte das Mädchen mit der bekannten Gleichgültigkeit.

«Dann kann ich vielleicht warten?»

«Das ist mir egal. Aber es wird nichts nützen. Er sucht momentan keine Schauspieler.»

«Schon recht», sagte Carol heiter. «Daran liegt mir auch gar nichts. Ich möchte nur einmal einen waschechten Produzenten mit eigenen Augen sehen. Bevor das nicht geschehen ist, glaube ich nicht an seine Existenz.»

«Na, dann arbeiten Sie mal für einen. Da werden Sie merken, daß er existiert.»

Carol ahnte, daß es wahrscheinlich höchst unerfreulich war, für einen Produzenten zu arbeiten. «Es muß ziemlich aufreibend sein», sagte sie, und es lag echtes Mitleid in ihrer Stimme.

Das Mädchen hörte es, und sein Gesicht wurde weicher.

«Es kann einen ganz schön fertigmachen. Wenn es nicht der Produzent ist, dann sind es die Autoren. Und wenn es nicht der Autor ist, dann ist es der Regisseur. Und dazu noch die ganze Zeit diese Schauspieler. Schauspieler, Schauspieler, Schauspieler, Schauspieler – und alle benehmen sich, als wären sie in einem Irrenhaus.»

«Wenn ich Sie so höre, komme ich mir recht zudringlich vor.»

Das Mädchen wurde jetzt auf einmal aufmerksam. Ihr kritischer Blick erkannte plötzlich Carols intelligentes Gesicht, die klaren, lächelnden Augen.

«Hören Sie», sagte das Mädchen überraschend, «Sie haben genau das gleiche Recht hier wie alle andern. Wenn Sie mit Sweetser sprechen wollen, setzen Sie sich dort drüben auf die Bank, und dann kommen Sie mit der Zeit schon an die Reihe.» In Gedanken fügte sie hinzu: Es kann ihm nichts schaden, zur Abwechslung auch einmal ein nettes, junges Ding zu sehen.

Gut, dachte Carol, als sie sich auf die Bank setzte, diesmal bin ich schon ein bißchen weiter gekommen. Billy

Beaseley hatte also doch recht.

Sie hatte sich zwischen eine Platinblonde mit zu dick aufgetragenen Lidschatten und einen heiteren pausbäkkigen Burschen gesetzt. Er lächelte Carol zu, die sein Lächeln freundlich erwiderte. Obgleich sie nicht miteinander sprachen, fühlte Carol sich fast vereinsamt, als die Sekretärin nach einiger Zeit sagte:

«Sie können jetzt hineingehen, Johnny. Aber Sie dürfen mir glauben: er hat nichts im Tun.»

«Na, Sie kennen mich ja, Marie. Ich lasse nicht locker.»

Er blieb lange drinnen, und als er wieder herauskam, war sein Gang noch immer beschwingt. Er blieb an Maries Tisch stehen.

«Hören Sie», sagte er, «auf seinem Schreibtisch liegt ein Manuskript, und er sagt, wenn er's annimmt, gibt es drin eine Rolle für mich. Seien Sie lieb, Herzblatt, und bestärken Sie ihn ein bißchen. Möchten Sie mich nicht gern mal wieder auf der Bühne sehen?»

«Warum nicht, Johnny. Wenn was draus wird, laß ich Sie's wissen.»

Die Platinblonde blieb nicht sehr lange im Büro, und als sie wieder herauskam, schaute sie mürrisch aus.

Marie erhob sich und verschwand im inneren Büro. Kurz darauf kehrte sie zurück, hielt die Tür auf und nickte Carol zu.

«Mr. Sweetser will Sie empfangen», sagte sie formell.

Mr. Sweetsers Büro war viel komfortabler als sein Wartezimmer. Am Boden lag ein dicker Teppich, der Schreibtisch war aus Eiche. Mr. Sweetser saß hinter dem Schreibtisch. Ein kleiner, dicker Mann mit einem überraschend langen, faltigen Gesicht.

«Guten Tag», sagte er höflich. «Kommen Sie herein und nehmen Sie Platz.» Carol setzte sich.

«So, und jetzt erzählen Sie mir einmal alles. Sie finden

kein Engagement am Broadway, wenn Sie keine Broadwaypraxis haben. Und Sie können keine Brodwaypraxis bekommen, wenn Sie kein Engagement finden. Was also sollen Sie tun? So steht doch die Sache, nicht wahr?»

«Stimmt ganz genau», gab Carol zu. «Natürlich habe ich ein bißchen Praxis. Ich war bei –»

«Wie steht es mit Ihrer Schulbildung?» unterbrach Mr. Sweetser sie.

«Mittelschule», antwortete Carol etwas erstaunt.

«Hmm. Viel gelesen?»

«Eine ganze Menge.»

«Was zum Beispiel? Romane? Theaterstücke? Kennen Sie Brecht? Kennen Sie Tschechow? Wie gefallen Sie Ihnen?»

Carol war verblüfft, doch sie antwortete frei und offen. «Ich habe beide gelesen. Aber sie sind schwierig, weil sie einem jedesmal wieder anders vorkommen – anders und jedesmal wichtiger. Ich habe letztes Jahr eine Menge Tschechow gelesen, als ich Elevin am Stuyvesant war. Miß Marlowe führte den ‹Obstgarten› und die ‹Drei Schwestern› auf. Zuerst haben mich die Stücke nur deprimiert, bis ich einmal Miß Marlowe sagen hörte, sie habe sechs Jahre gebraucht, bis sie zur richtigen Auffassung ihrer Rolle gekommen sei. Von da an haben mich die Charaktere so interessiert, daß ich keine Zeit mehr für Depressionen hatte.»

Mr. Sweetsers schmale Augen blickten unverbindlich. «Lieben Sie Musik? Gute Musik, meine ich.»

Carol nickte.

«Wagner? Verdi? Verdi natürlich. Bach? Die Modernen? Verstehen Sie etwas von Bildern?»

«Leider nicht allzuviel.»

«Dann sollten Sie einmal ins Metropolitan Museum gehen. Fangen Sie nicht mit den alten Meistern an. In

Ihrem Alter sagen Ihnen die französischen Impressionisten mehr.» Er griff in eine Schublade und holte ein Manuskript hervor. «Wollen mal sehen, was Sie von der Schauspielerei verstehen. Das ist kein Stück, das ich herausbringen will. Aber lesen Sie mir mal was draus vor. Hier in dieser Rolle sind Sie eine Frau von 45 Jahren – früher eine Schönheit, noch immer attraktiv. Sie haben eine Tochter von 18 und merken plötzlich, daß sie hübscher ist als Sie. Sie sind stolz auf sie, aber auch eifersüchtig. Glauben Sie, daß Sie das können?»

«Ich will's versuchen.» Carol nahm das Manuskript. Sie wußte, daß er ihr absichtlich eine Rolle gegeben hatte, die ungeeignet für eine Naive war.

Carol las hastig das Manuskript durch, während sie Mr. Sweetser zu vergessen suchte und sich nur auf ihre Rolle als alternde Frau konzentrierte. Ihre Stimme mußte wohlklingend sein, mit einem Unterton von Sicherheit. Eine Frau, die eine Schönheit gewesen war, würde immer ihr Selbstvertrauen behalten. Es mußte ein Beiklang von Gereiztheit mitschwingen, getarnt als mütterliche Strenge. Aber hier, gegen das Ende zu, mußte sich die Gereiztheit in Liebe und Zärtlichkeit verwandeln und in ein wenig Trauer.

Schließlich räusperte Carol sich und begann mit der angekreuzten Zeile. Mr. Sweetser gab ihr die Stichworte.

Als sie fertig war, nahm er das Manuskript und legte es in die Schublade zurück.

Erwartungsvoll schaute Carol ihn an.

«Na also», sagte er nach einigen Augenblicken, «das war gar nicht so schlecht. Es ist nicht meine Art, junge Mädchen zum Schauspielerberuf zu animieren. Aber Sie haben das gewisse Etwas. Ich glaube es wenigstens. Aber ob das genügt, das kann ich Ihnen leider nicht sagen. Sie scheinen mir Verstand zu haben. Setzen Sie den nur immer ein. Hören Sie nicht mit Ihrer Weiterbildung auf. Und kommen Sie irgendwann, wenn ich Leute suche, wieder einmal vorbei.»

«Oh», keuchte Carol, «vielen, vielen Dank.»

Sie ging nicht aus dem Büro – sie schwebte. Und als sie sich von Marie verabschiedete, lag etwas wie Jubel in ihrer Stimme.

Drunten auf der Straße sagte sie zu sich selbst: «Nur immer Ruhe, Sweetser ist einfach nett zu dir gewesen. Das braucht noch zu gar nichts zu führen.. Aber es könnte. Und er war nett. Und ich habe mit ihm gesprochen. Ich habe mit einem Produzenten gesprochen.»

Plötzlich merkte sie, daß es fast ein Uhr war, und sie machte sich zur Siebenten Avenue auf, um Ellen zu treffen und ihr zu erzählen, was sich ereignet hatte. Das war das Nette an Ellen, daß sie sich immer über das Glück ihrer Freundin freute. Sie würde alle Einzelheiten genau wissen wollen.

Und dann blieb sie plötzlich erstaunt stehen. Durch die Menschenmenge kam ihr Ellen langsam entgegen. Sie sah niedergeschlagen aus.

Du lieber Himmel! dachte Carol und rief: «Ellen!»

Ellen blickte auf und bemühte sich, ein heiteres Gesicht zu machen. Carol vergaß ihre eigene Hochstimmung.

«Was ist denn los, Schäfchen?» fragte sie ängstlich, als sie jetzt neben ihr ging.

«Produzentenbüros», sagte Ellen bedrückt, «sind tatsächlich Löwengruben – jedes einzelne von ihnen.»

«Aber was ist denn passiert?»

Es brauchte einige Zeit, bis Carol die Geschichte ganz verstand. Ellen hatte auf Billy Beaseleys Rat hin die Theaternotizen in der «Times» gelesen. Und dabei hatte sie entdeckt, daß Clarick und O'Toole, ihre Freunde vom vergangenen Sommer, eine Komödie inszenieren wollten. «Und da habe ich dann im Theater angerufen und gefragt, wo ihr Büro ist, und bin auf dem schnellsten Weg hingerast. Ehrlich, Carol, ich war so aufgeregt, daß ich fast einen Herzschlag bekam.»

«Das versteh ich. Und was dann?»

«Und dann, in ihrem Büro, war es genauso wie bei Sweetser. Nein, eigentlich war es noch viel schlimmer, weil es so voller Leute war. Ich habe dem Mädchen stundenlang erklärt, daß ich die beiden Herren kenne. Und sie hat mir immer wieder mitgeteilt, daß sie mich nicht sehen wollten, weil ich keine Praxis hätte. Und so ging das am laufenden Band. Also, Carol, ich habe richtig einen Narren aus mir gemacht.» Ellens Augen füllten sich mit Tränen.

«Sei doch nicht so blöd. Du hast absolut keinen Narren aus dir gemacht. Solche Sachen passieren doch immer wieder. Erinnere dich, was Billy Beaseley sagte.»

«Es ist mir ganz egal, was er gesagt hat. Ich halte das nicht länger aus.»

«Du hältst es aus. Das müssen alle durchstehen, und du kannst es auch. Du darfst dich jetzt einfach nicht mehr aus ihrem Büro wegrühren. Früher oder später werden sie schon einmal herauskommen und sich an dich erinnern.»

«Aber —»

«Komm, jetzt gehen wir essen. Ich habe Hunger. Denk dran: Wir müssen lernen, wie's gemacht wird. Dann ist es gar nicht mehr so schlimm.» Carol erwähnte nichts von Mr. Sweetser.

Sie gingen den Broadway entlang zu Macklin, dem Restaurant, wo sich die meisten der angehenden Schauspieler trafen. Die Mädchen waren im vergangenen Winter oft dort gewesen.

Der Speisesaal war überfüllt wie gewöhnlich, und die

Menge war dauernd in Bewegung. Die jungen Leute besuchten sich gegenseitig an ihren Tischen, um zu plaudern.

«Glaubst du, daß die alle keine Arbeit haben?» murmelte Ellen.

«Natürlich nicht. Sonst würden sie nicht hier essen.» Carol hatte einen leeren Tisch entdeckt und setzte sich schnell. Ellen nahm den Stuhl ihr gegenüber, und einen Augenblick lang betrachteten die beiden die Gesichter rings ums sie her. Es waren abgespannte Gesichter, und Carol bekam es plötzlich mit der Angst. Doch dann besserte sich ihre Stimmung wieder.

«Wir haben von Anfang an gewußt, daß es zu viele Schauspieler gibt», sagte sie langsam. «Aber es gibt Leute mit Erfolg. Und ich will zu ihnen gehören.»

«Ja, vielleicht, wenn du nicht vorher verhungert oder an Altersschwäche gestorben bist. Das hat Billy selber gesagt.»

«Aber Ellen!» erwiderte Carol überrascht. «Sei doch nicht blöd. Wir werden's schon schaffen. Wir werden schon lernen, wie man's macht. Und wir werden ihnen so lange in den Ohren liegen, bis irgendeiner schwach wird und uns eine Rolle gibt. Ich wenigstens werde das tun. Wenn du natürlich nach zwei Tagen aufgeben willst, dann –»

«Nein, nein, nein, so hab ich's doch nicht gemeint.»

«Also, warum machst du dann so ein Geschrei? Schluck jetzt einmal dein Mittagessen, und dann fangen wir wieder an. Und wenn du ganz brav deinen Spinat verdrückst, erzähle ich dir auch, wie es bei mir heute morgen war.»

## 6

Carol und Ellen brauchten noch einen Tag, um zu merken, daß es keinen Sinn hatte, vor elf Uhr morgens in
einem Produzentenbüro vorzusprechen. Und daß sie in
vier Stunden sämtliche Büros der Stadt abklappern
konnten, es sei denn, daß sie in dem einen oder andern
warteten. Zuerst warteten sie nicht und nahmen das
übliche «Heute nichts» als gegeben hin. Als sie jedoch
merkten, daß in verschiedenen Büros etwas «hinter den
Kulissen» vorzugehen schien, begannen sie zu warten –
besonders in den Büros, in denen sich die Schauspieler
drängten. Das bedeutete immer, daß man Leute für eine
Produktion suchte, auch wenn nichts davon in den Zeitungen stand.
Schauspieler sind freundliche Menschen und immer bereit, sich zu unterhalten und Informationen auszutau-
schen. Und die Mädchen erfuhren eine Menge Dinge.
Manche waren nützlich, manche entmutigend. Sie lernten, daß es eine ganze Reihe Produzenten gibt, die jeden
empfangen. Daß manche von ihnen ganz bestimmte
Typen suchen und auch Junge und Unbekannte engagieren, sofern sie dem Typ entsprechen und ein gewisses
Talent zeigen. Sie lernten, daß man viel Erfahrung sammeln kann, wenn man ein Engagement als zweite Beset-
zung ergattert. Sie erhielten auch Ratschläge, wie man
an die verschiedenen Produzenten herantreten mußte –
jeder hatte wieder eine andere Art, und man mußte
schnell denken und seinen Verstand zusammennehmen.
Ich glaube, ich habe es bei Mr. Sweetser ganz richtig gemacht, überlegte Carol. Aber wahrscheinlich war es
doch einfach Glück.
Sie wußte, daß sie mit einem Agenten wahrscheinlich
eine bessere Chance haben würde. Er würde ihr ein

Engagement vermitteln und seine Prozente dann von ihrer Gage abziehen.

Eines Tages bot sich Carol tatsächlich die Gelegenheit, eine Rolle zu lesen, völlig eingeschüchtert durch die Gegenwart eines Produzenten, eines Regisseurs und des traurig vor sich hinstarrenden Autors. Nach der Lesung blickten die drei sich an, und der Produzent sagte: «Es tut mir leid, Miß, aber wir suchen eine Schwarzhaarige.»

«Das war für mich der Höhepunkt der Saison», erklärte Carol am Abend ihrer Freundin. Aber sie sagte es ohne Bitterkeit. Immerhin: sie hatte gelesen. Das war schon ein Fortschritt.

Auch Ellen hatte ihren Höhepunkt. Sie kam für eine Rolle in engere Wahl und wurde sogar aufgefordert, am nächsten Tag wiederzukommen. Jedoch nur, um zu erfahren, daß sie nicht der gesuchte Typ sei. Der Produzent, der ihr anscheinend die Absage versüßen und sie nicht ohne ein freundliches Wort entlassen wollte, riet ihr, doch fünf Kilogramm abzunehmen.

«Das war *mein* Höhepunkt der Saison», bemerkte Ellen.

«Untersteh dich abzunehmen», warnte Carol. «Du bist eine Komikerin, und wenn man das endlich einmal gemerkt hat, kann dir deine Rundlichkeit nur von Vorteil sein. Du lieber Himmel, ich möchte wissen, was wir täten, wenn uns wirklich einmal jemand eine Rolle gäbe. Nur so zur Abwechslung. Viel Freude haben wir ja diesen Winter wirklich nicht gehabt.»

«Und wir sind so einsam», stimmte Ellen ihr bei. «Letztes Jahr waren wir mit all den andern zusammen im Stuyvesant, und da ist immer etwas gelaufen. Dieses Jahr haben wir zwar schon eine Menge Leute kennengelernt, aber wir treffen sie immer nur, wenn wir unsere Runde machen. Außer Miß Iverson, Billy Beaseley und

48

Herbert sehen wir eigentlich nur noch Mitzi und diesen Colin, Mitzis Freund, und der ist ein Brechmittel.»

Carol stimmte ihr bei, daß dieser Colin mit seinem gezierten Englisch, seinen geschniegelten blonden Haaren und seinem Wahn, Grobheit für Originalität zu halten, eine absolute Niete sei. «Aber Billy und Herbert sind keine Nieten. Herbert ist so reizend. Er nimmt es mit allen unseren Bekannten auf. Wer hätte je daran gedacht, daß ich einmal einen Skunk zu meinem Bekanntenkreis zählen würde?»

«Ich weiß. Aber unser Kreis scheint mir ziemlich begrenzt. Wo Mike eigentlich stecken mag?»

Ein paar Tage nach dieser Unterhaltung hörten sie von Mike durch ein Mädchen, das ebenfalls bei Macklin zu Mittag aß. Sie hatte erfahren, daß Mike die Runde mache wie alle andern auch und versuche, eine Stelle als Regieassistent zu bekommen.

«So», sagte Carol, «da geht es ihm also genau wie uns. Wenn er nur das Engagement bei Miß Marlowe nicht abgelehnt hätte.»

«Ach, mach dir doch keine Sorgen um Mike. Irgendwie bringt der sich schon durch. Und wenn es ihm gerade einfällt, meldet er sich auch wieder einmal bei uns.»

Aber Carol machte sich nicht nur Sorgen um Mike, sondern auch um Billy Beaseley. Denn Billy und Herbert waren seit kurzem nicht mehr frei. Sie traten jetzt in einem Variété auf.

«Für sechs Wochen», hatte Billy den Mädchen erzählt. «Sechs Vorstellungen täglich.»

Seither sahen sie Billy und Herbert kaum noch. Und wenn sie sie einmal zu Gesicht bekamen, schienen sie traurig und verloren.

«Ich wollte, er wäre beim Zirkus geblieben», meinte Carol, als sie eines Abends an seiner geschlossenen Tür vorbeigingen. Er mag das Variété nicht.»

«Ich weiß. Der arme Kerl. Es ist merkwürdig, daß er einerseits so kindlich und andererseits wieder so – man könnte fast sagen – weise ist. Er fehlt mir wirklich. Und Herbert war so süß, wenn er jeden Abend vor unserer Tür wartete. Ich fand es nett, einen Skunk in unserem Freundeskreis zu haben.»

«Selbst wenn der Kreis so eng ist?»

«Ja.»

Doch schon am nächsten Abend erweiterte sich ihr Kreis ein wenig. Sie hörten das Telephon unten im Vorplatz, und einen Augenblick später dröhnte Mrs. Garretts Stimme die Treppe empor.

«Miß Page, Telephon.»

Ganz aufgeregt öffnete Carol die Tür. «Danke», rief sie und drehte sich dann mit weit aufgerissenen Augen zu Ellen um.

«Nein, ich gehe nicht», sagte Ellen atemlos. «Kein Mensch ruft uns um diese Tageszeit an, um uns eine Rolle in einem neuen Hit anzubieten.»

«Aber es könnte doch sein.»

«Nein.»

«Also, dann nicht. Dann gehe ich.» Carol raste die Treppe hinunter und griff mit zitternden Händen nach dem Hörer. «Hallo», sagte sie mit ihrer melodiösesten Stimme.

«Es tut mir leid, Page, das bin nur ich», erklärte Mike am andern Ende des Drahts. Auf Carols Freudenschrei rannte Ellen aus ihrem Zimmer und beugte sich über das Treppengeländer. Auch Miß Iversons Tür öffnete sich einen Spalt.

«Hör mal», fuhr Mike fort, «was macht ihr beide heute abend?»

«Ich wollte mir gerade die Haare waschen, und Ellen

50

bügelt. Wo bist du, Mike?»

Er überhörte ihre Frage. «Wasch dein Haar morgen, und Ellen soll mit .der Bügelei aufhören. Ich möchte euch mit einer Freundin bekannt machen. Sie heißt Rosamond Duncan. Ich habe gedacht, wir holen euch ab, und dann gehen wir alle zusammen ins Kino.»

Rosamond Duncan. Das war doch das Mädchen, das die Songs und Sketches für die Revue von Mikes Gewerkschaft geschrieben hatte. Carol hatte gehört, daß sie jetzt für das Radio und Fernsehen arbeite. Sie war berühmt – in New York wenigstens.

«Ich freue mich schrecklich, sie kennenzulernen», rief Carol aufgeregt.

«Das habe ich mir gedacht. Sie ist älter als du – ziemlich viel –, und sie hat ein schweres Leben gehabt. Sie arbeitete von ihrem 16. Lebensjahr an. Aber sie ist verdammt gescheit.» Er zögerte. «Ich habe das Gefühl, daß ihr beide euch verstehen würdet. Sie denkt über viele Dinge genauso wie du. Aber sie hat nur – ich meine, sie sollte einmal andere Leute kennenlernen.» Er brach plötzlich ab, und Carol hörte ihn deutlich schlucken. Dann sagte er kurz: «Also, wir kommen nachher vorbei.»

Beim Anziehen wiederholte Carol ihrer Freundin die Unterhaltung.

«Du meine Güte», sagte Ellen, «wie mag sie wohl sein? Mike hat immer so merkwürdige Freunde.»

«Ich weiß.»

Rosamond war nicht merkwürdig. Beide Mädchen mochten sie sofort. Sie war nicht hübsch – ihr Gesicht war zu groß, und ihre glatten braunen Haare am Hinterkopf zu einem unkleidsamen Knoten zusammengenommen. Sie trug ein braunes, sackartiges Kleid, einen schäbigen Mantel mit einem gelben Halstuch dazu. Außerdem hatte sie abgekaute Fingernägel. Aber aus

51

ihren Augen sprach Intelligenz, und ihr Lächeln war warm und freundlich.

Carol öffnete die Tür, als Mike läutete.

«Ich freue mich schrecklich, Sie kennenzulernen», sagte sie befangen. Dann, als sie das verständnisvolle Zwinkern in Rosamonds Augen sah, begann sie zu lachen und fuhr gelöster fort: «Um die Wahrheit zu sagen, ich bin tief beeindruckt und fürchte mich gräßlich vor Ihnen.»

«Ich vor Ihnen auch», erwiderte Rosamond ruhig.

«Da geht es euch also beiden gleich», unterbrach Mike sie schroff.

«Kommt, steht doch nicht hier an der Tür herum. Wir wollen hineingehen. Und sagt gefälligst *du* zueinander. Laßt doch das steife Getue.»

Sie gingen alle in den Salon. Doch kaum hatten sie sich gesetzt, läutete die Türglocke schon wieder, und Mrs. Garretts Schritte dröhnten durch den Vorplatz.

«Ach, Sie sind's», hörte man sie sagen. Und Colin Corwins Stimme antwortete hochnäsig: «Wollen Sie bitte Mitzi mitteilen, ich sei hier.»

Carol wußte, wenn Colin irgend jemandem noch mehr mißfallen würde als ihr selbst, so war es Mike. Und sie schickte ein Stoßgebet gen Himmel, daß Colin im Vorplatz bleiben möge.

Er erschien jedoch sofort unter der Tür und begrüßte Carol unbefangen. Woraufhin er Rosamond und Mike vorgestellt wurde.

«Ich glaube, wir kennen uns nicht», sagte er nach kurzem Zögern zu Rosamond. Dann wandte er sich an Mike. «Ich freue mich, Sie kennenzulernen, alter Knabe.»

«Hmmm», knurrte Mike.

Mit einer Handbewegung auf den Salon fuhr Colin fort:

«Scheußlich, finden Sie nicht auch? So scheußlich, daß man schon wieder darüber lachen kann.»

«Ich lache nicht», erwiderte Mike. «Es sieht genau aus wie in der guten Stube meiner Mutter, und darüber habe ich auch nie gelacht.»

Carol kannte Mike in dieser Laune, und Rosamond kannte ihn anscheinend auch. Ostentativ überhörte sie seine Bemerkung und musterte Colin nachdenklich.

«Haben wir uns nicht schon einmal getroffen, Mr. Corwin?» fragte sie.

«Auf keinen Fall. Ich würde mich bestimmt an Sie erinnern, Miß Duncan.»

Es entstand eine kurze Pause, und dann fragte Carol: «Was machen Sie und Mitzi heute abend?»

«Wir gehen zu einem französischen Film auf der 5. Avenue. Er soll hervorragend sein.»

«Ja, kann Mitzi denn Französisch?» fragte Carol harmlos erstaunt.

Colin lehnte sich lässiger gegen den Kamin und lächelte auf sie herunter. «Natürlich nicht.»

«Scheint mir kein sehr amüsanter Abend für Mitzi zu werden», bemerkte Mike trocken.

Doch Colin war keineswegs gekränkt. «Sie kennen Mitzi nicht, mein Bester. Sie ist ein liebes Ding, doch von keinerlei Kultur beleckt. Ich versuche nur, ihr Bildungsniveau ein wenig zu heben.»

Bevor Mike etwas erwidern konnte, stürmte Mitzi durch den Perlenvorhang und blieb erstaunt stehen, als sie die Gesellschaft sah. Sie ließ sich vorstellen und begrüßte Mike und Rosamond ausgesucht höflich. Dann aber wandte sie sich sofort an Colin.

«Es tut mir leid, daß ich zu spät bin. Aber ich habe wirklich nicht gedacht, daß du so pünktlich wärst. Ich – was ist denn, Colin?»

Colin musterte sie abschätzig. «In diesem Aufzug wirst du doch nicht ausgehen wollen?»

Mitzi trug ein mattblaues Seidenkleid und ihre kurze Pelzjacke darüber. Ihr hellblondes Haar fiel in weichen Locken auf die Schultern. Und vor Colins Bemerkung war sie heiter und hübsch gewesen.

«Es tut mir leid. Ich dachte, das Kleid würde dir gefallen. Ich habe es extra für dich angezogen.»

«Es ist unpassend», sagte Colin kurz. «Nach dem Kino gehen wir noch in den Dichterkeller. Yakovlov spricht über den Zerfall der Lyrik. Möchtest du wie ein Chorgirl aussehen. Geh hinauf und zieh dir dein Tailleur an und steck dein Haar auf.» Mit zitternden Lippen drehte Mitzi sich gehorsam um. Ihr Gesicht glich einer Gewitterwolke, und Rosamond blickte Colin stirnrunzelnd an.

Bevor noch irgend jemand etwas sagen konnte, stand Mike auf. «Wie wär's, wenn wir gingen? Holt eure Mäntel. Rosamond und ich warten so lange auf dem Vorplatz. Miß Malloy», rief er hinter Mitzi her, «Sie sehen ganz reizend aus – so wie sie sind.»

«Danke», erwiderte die verblüffte Mitzi.

Alle standen auf, und Colin fand sich seiner Zuhörer beraubt.

Draußen auf dem Vorplatz stießen sie auf Mrs. Garrett, die schamlos gelauscht hatte und sich jetzt vor Lachen bog. Während Carol und Ellen ihre Mäntel anzogen, sagte sie: «Es wird ihm ja nicht den geringsten Eindruck machen, aber es war ein Vergnügen zuzuhören.»

Mike grunzte. «Dem müßte mal einer den Kopf zurechtsetzen. Wie kommt so ein nettes Ding zu so einem Angeber?»

«Das weiß kein Mensch», antwortete Mrs. Garrett. «Ich verstehe die Jugend von heute nicht mehr.»

54

Rosamond war noch immer nachdenklich. «Ich weiß, daß ich ihn irgendwo gesehen habe. Wenn ich mich nur erinnern könnte. Was macht er eigentlich?»

«Er ist Schauspieler und tritt manchmal mit den *New World Players* auf. Er hält uns alle für schreckliche Banausen.»

«War er jemals beim Film?» fragte Rosamond.

Carol schnaubte verächtlich. «Der Film – ausgenommen der französische natürlich – ist der letzte Kitsch. Genau wie das Radio. Beide sind indiskutabel.»

«Ich verstehe. Aber was macht er, wenn er nicht bei den *New World Players* spielt?»

«Das weiß kein Mensch. Vielleicht hat er Geld», sagte Carol.

«Trotzdem», erwiderte Rosamond bestimmt, «habe ich ihn irgendwo gesehen, und zwar erst kürzlich.»

«Vielleicht auf irgendeiner kleinen Experimentierbühne, wo sie Untergrundstücke spielen.»

Rosamond schüttelte den Kopf.

«Ganz egal», sagte Mike, «wo es auch war. Der Kerl ist mir widerlich. Wollen die Damen ihre Kultur so weit verleugnen, um mit mir ins Kino zu gehen?»

Mrs. Garrett mischte sich ins Gespräch. «Gehen Sie doch nach Brooklyn ins *Paladium*. Billy Beaseley tritt dort auf, und es wird ihn bestimmt schrecklich freuen, wenn Freunde von ihm unter den Zuschauern sind und kräftig klatschen.»

«Das ist das Wahre!» rief Ellen. «Ich möchte ihn furchtbar gern sehen. Und Carol macht sich ohnehin Sorgen um Billy. Er war nämlich früher Zirkusclown, und jetzt ist er beim Varieté. Er und Herbert. Und ich glaube, daß er nicht sehr glücklich ist.»

Carol war begeistert.

«Wer ist Herbert?» fragte Rosamond, als sie die Treppe

hinuntergingen. Da merkte Carol erst, daß niemand ihr erklärt hatte, daß Herbert ein Skunk war. Das konnte lustig werden. Sie gab Ellen einen Rippenstoß und sagte leichthin: «Herbert ist Billys Partner – und sein bester Freund. Hoffentlich sind die beiden gut. Sie müssen gut sein, denn wenn man Herbert privat kennt, hat er einen unglaublichen Charme, obgleich er eigentlich wie ein raffinierter Politiker aussieht. Besonders seit Ellen ihn jeden Abend mit Sandwiches füttert.»

Mike grinste. «Oho, Ellen! Ist das eine ernste Sache?»

«Ttjaa», sagte Ellen in einem Ton, der eine Mischung von Schüchternheit, Stolz und Hoffnung war.

Das *Paladium* war ein verlottertes, schäbiges Theater, mit verblaßten Goldstukkaturen und schmutzigen roten Läufern.

«Irgendwie erinnert es mich ans Stuyvesant, nur daß es dort nie ein Variété gegeben hat. Aber ich mag Variétés gern», sagte Carol.

«Ich auch», erklärte Rosamond. «Und ich verstehe nicht, warum das schlechter Geschmack sein soll. Hoffentlich gibt es auch Akrobaten und Jongleure.»

Sie erlebten keine Enttäuschung. Das Programm entsprach ganz ihren Wünschen. Billys Nummer kam nach dem Jongleur, und Carol wartete gespannt, während sie Rosamond und Mike aus dem Augenwinkel beobachtete.

Langsam ging der Vorhang hoch und enthüllte einen ländlichen Hintergrund. Auf der Bühne lag ein Landstreicher schlafend auf einer Parkbank.

«Welcher ist das?» flüsterte Rosamond.

«Billy.»

Rosamond hatte sich gerade erwartungsvoll zurückgelehnt, als sich plötzlich Entsetzen über ihre gerade noch so strahlenden Züge breitete. Und Carol sah, daß Mikes

Augenbrauen fast den Haaransatz berührten. Gespannt beugte sie sich vor.

«Aber – haben Sie uns nicht gesagt –?»

Carol lächelte. «Ja und nein. Auf jeden Fall, das dort ist Herbert.»

Herberts schwarzer Pelz mit dem weißen Streifen glänzte im Rampenlicht, als er über die Bühne wanderte. Mit kühler Gleichgültigkeit ließ er seine glänzenden kleinen Augen über die Zuschauer schweifen.

«Du meine Güte!» hörte Carol Mike stöhnen. «Alles, was er noch brauchte, ist eine Melone und eine Zigarre.»

Das Publikum richtete sich erwartungsvoll auf.

Herbert näherte sich der Parkbank, stellte sich auf die Hinterbeine und legte eine Pfote auf Billys Fußknöchel. Billy reckte sich, öffnete die Augen, stieß einen gellenden Schrei aus und raste über die Bühne. Herbert trabte fröhlich hinter ihm drein. Dann gab es ein Rennen, Rutschen, Straucheln, ein Stolpern und ein Fallen, bis Billy schließlich voller Verzweiflung zuerst auf die Bank sprang und von dort aus auf den Baum kletterte.

Herbert spähte nachdenklich zu ihm empor, musterte die Bank, hüpfte leichtfüßig hinauf, betrachtete Billy von neuem und legte sich behaglich hin, um zu warten. Er lag auf der Seite, den glänzenden Kopf arrogant geneigt. Mike brach in dröhnendes Lachen aus. Carol wußte, daß es Herberts Miene war, die ihn derartig belustigte. Denn die ganze Nummer war nicht besonders gut.

«Weiter, Mike», flüsterte Carol, «lach weiter. Mach, daß sie applaudieren.» Sie selbst klatschte wie wild. Und nach einem Augenblick kehrten Billy und Herbert zurück, um sich für den Beifall zu bedanken. Herbert machte eine herablassende Verbeugung.

Rosamond wandte sich zu Carol. «Ich würde gern hinter die Bühne gehen und mit Mr. Beaseley sprechen.»
Carol war erstaunt über die Dringlichkeit in ihrer Stimme. Beim Verlassen des Zuschauerraums hörte sie Rosamond zu Mike sagen: «Hast du die gleiche Idee wie ich?»
«Schon möglich», erwiderte Mike. «Ich würde sagen, er ist genau das, was du suchst. Aber warten wir's erst einmal ab.»
Carol hatte keine Ahnung, was er damit meinte.
Billys Garderobe war klein und düster. In der einen Ecke saß Herbert mit blanken Augen in einem offenen Handkoffer.
«Das ist aber nett», sagte Billy, und seine Stimme war ganz heiser vor Freude. «Schön, daß Sie gekommen sind. Setzen Sie sich. Es ist schon lange her, daß ich Freunde im Zuschauerraum gesehen habe.»
Nach der Vorstellung fragte Carol, ob Herbert unbedingt dort drüben sitzen müsse.

«Nein, nein, natürlich nicht. Es ist sein eigener Wille. Er wartet, bis seine Milch aus dem Café drüben kommt.»
Zu Mike und Rosamond gewandt, fügte er hinzu: «Der kleine Kerl wird müde. Sechs Vorstellungen im Tag sind viel.»
Sie nickten mit so viel Interesse, als ob Herbert ein Opernstar mit einer Erkältung wäre, und beobachteten belustigt, wie Carol das Tierchen auf den Arm nahm. Dann suchten sich alle, so gut es ging, eine Sitzgelegenheit. Mike brachte Rosamond den einzigen Stuhl – eine Höflichkeit, bei der Carol erstaunt die Augen aufriß.
Rosamond begann sofort auf Billy einzureden. «Darf ich Ihnen ein paar Fragen stellen, Mr. Beaseley?»
«Natürlich. Fragen Sie, soviel Sie wollen.»

«Haben Sie schon einmal in einem Nachtklub gearbeitet?»

Billy schüttelte den Kopf. «Ich habe meine Nummer sämtlichen Managern in der ganzen Stadt gezeigt, aber sie haben alle den Kopf geschüttelt. Für einen Nachtklub braucht es etwas Raffinierteres. Und ich bin eben nur ein Clown und kann mir keine Gags ausdenken. Das ist die einzige Nummer, die ich machen kann.»

«Aber könnte man die nicht ändern? Ich meine, müßte Herbert eine Menge neuer Tricks dazulernen, wenn man Handlung und Situation verändern würde?»

«Aber nein. Ich mache alles mit Zeichen. Herbert weiß genau, wann er über die Bühne laufen oder mich jagen oder hüpfen soll oder sich hinlegen und so weiter. Ich kann diese Zeichen in jede Nummer einbauen. Aber wie ich Ihnen schon sagte, ich verstehe mich nicht auf Gags.»

«Aber ich», erwiderte Rosamond. «Ich habe die Texte für Zello Freedly geschrieben. Vielleicht haben Sie schon von ihm gehört?»

«Hui!» sagte Billy und betrachtete Rosamond mit respektvollem Staunen.

«Natürlich habe ich von ihm gehört – und gesehen habe ich ihn auch. Das war eine großartige Sache.»

«Danke. Er hat ein Engagement nach Hollywood bekommen, und die ‹Blaue Lagune›, wo er gearbeitet hat, sucht einen neuen Mann. Würde es Sie interessieren?»

Billy blickte sie erstaunt an. «Und ob», sagte er. Fügte dann aber kleinlaut hinzu: «Es hat keinen Sinn, Miß Duncan. Herbert und ich, wir eignen uns nicht für Nachtklubs.»

Rosamond lächelte. «Davon bin ich nicht so überzeugt. Im Varièté sind Sie eine Tiernummer unter vielen. Aber ein Skunk in einem Nachtklub. Das ist bestimmt einmal etwas ganz anderes. Es kommt nur darauf an, eine neue Nummer auszuarbeiten. Ich glaube, ich kann das für Sie tun, wenn Sie es mir erlauben wollen.»

«Na, ja», sagte Billy, «ein neuer Vertrag könnte uns gar nichts schaden. Herbert braucht einen neuen Koffer, und ein Urlaub auf dem Land täte ihm auch recht gut. Aber, Miß Duncan, verschiedene Freunde haben schon versucht, etwas Neues für uns auszuarbeiten. Aber es ist nie etwas dabei herausgekommen. Sie verstanden Herbert nicht.»

«Ich weiß, daß es nur eine Chance ist. Aber was haben Sie zu verlieren? Wenn die Nummer durchfällt, sind Sie auch nicht schlechter dran. Es ist der Mühe wert, es zu versuchen.»

Billy holte tief Luft. «Und was muß ich tun?»

«Ich möchte gern alles sehen, was Herbert kann. Jetzt gleich. Das heißt, wenn er nicht zu müde ist.»

«Sobald er etwas gegessen hat, ist er wieder ganz frisch.»

Sie warteten also geduldig, bis die Milch kam und Herbert sie ausgetrunken hatte. Dann zeigte er alle seine Kunststücke, und Rosamond kritzelte ununterbrochen auf einen alten Briefumschlag.

Die andern beobachteten sie schweigend.

Als Herbert, auf Billys Zeichen hin, ein Kartonstück vom Boden aufnahm und damit durch die Garderobe trippelte, sprang Rosamond so rasch auf, daß ihr Stuhl umfiel.

«Das ist's», sagte sie.

Billy sah leicht verwirrt aus. «Das habe ich für Kinderparties ausgearbeitet», sagte er ein wenig unsicher. «‹Hier ein Geschenk für Walter und da eins für Anny›, so sage ich, und Herbert überreicht ihnen die Geschenke.»

«Das ist etwas. Ich bin ganz sicher, daß ich damit etwas anfangen kann. Ich brauche ungefähr zwei Tage, um einen Entwurf auszuarbeiten. Dann rufe ich Sie an, und wir sehen, was Sie davon halten. Es kann alles schiefgehen. Machen Sie sich vorläufig noch keine allzu großen Hoffnungen. Aber Sie haben mir eine Idee gegeben, die alles für eine gute Nummer in sich hat.»

Alle erhoben sich. Beim Abschied blieb Carol ein wenig zurück. «Ich bin so froh, Billy. Es wäre herrlich, wenn etwas daraus würde.»

Billy machte ein zweifelndes Gesicht. «Natürlich könnte ich das Geld gut brauchen», meinte er. «Aber ich weiß nicht recht. Es kommt mir ein bißchen seltsam vor – die Idee, daß Herbert und ich in einem Nachtklub arbeiten sollen. Mich zieht's eben immer wieder zum Zirkus. Und man trifft auch die netteren Leute dort.»

## 7

Bei der Heimkehr erblickten sie Colin, der Mitzi nach Hause begleitet hatte, gerade noch von weitem.

«Dort ist ja unser Freund», sagte Carol. «Ist es nicht gnädig von ihm, Mitzi heimzubringen?»

«Puh», grunzte Mike. «Was bietest du mir für seinen blonden Skalp, inklusive Brillantine?»

«Genau zwei Cents.»

«Dir zuliebe mach ich's für einen.»

Alle lachten, und Ellen flötete mit Colins Akzent und einer gezierten Handbewegung: «Meine Lieben, Sie ahnen ja nicht. Natürlich können Sie mich nicht verstehen. Aber die Projektion des eigenen Ego ist das Wichtigste.» Lachend brach sie ab.

«Wie er leibt und lebt», sagte Mike. «Mach noch ein bißchen weiter.»

Ellen blieb einen Augenblick nachdenklich stehen. «Soll ich euch Colins Ansichten über das Radio vermitteln? Die kenne ich auswendig, weil er sich jedesmal langatmig darüber verbreitet.»

«Ja, bitte», rief Rosamond. «Du machst das großartig.»

Ellen lächelte ihr dankbar zu. Dann schüttelte sie ihr Haar zurück, stellte den Mantelkragen hoch und setzte eine grenzenlos arrogante Miene auf.

«Meine Lieben», begann sie, «alles hat seine Grenzen. Es gibt eine Ordinärheit, die nicht mehr zumutbar ist. Und das Radio ist wirklich das Letzte. Nein, nein, meine Lieben, über das Radio dürfen Sie mit mir nicht sprechen.»

Alle krümmten sich vor Lachen, und Mike fragte: «Wie machst du das nur, Mädchen?»

«Ich weiß nicht», gab Ellen ehrlich zu. «Plötzlich spüre ich, wie die Leute aussehen, und erinnere mich, wie ihre Stimme klingt. Was ich nicht kann, ist Charaktere gestalten, wie Carol es macht.»

«Wenn ich nur wieder einmal dazu käme –», begann Carol, als Rosamond ihr plötzlich ins Wort fiel: «Wartet eine Minute – ich hab's – jetzt weiß ich's.»

«Was weißt du, Ros?» fragte Mike.

«Wo ich den Burschen gesehen habe. Im Radiostudio. Er ist einer von den Reklamesprechern. Er hat eine gute Stimme für das Zeug.»

Sie konnte nicht weiterreden, denn Carol und Ellen fielen ihr jauchzend um den Hals. «Bist du sicher?»

«Colin beim Radio! Grandios!»

«Wann können wir ihn hören?»

Rosamond dachte angestrengt nach. Dann sagte sie: «Stellt doch einmal die Zwölf-Uhr-Reklamesendung ein.

Klenzo-Seife. Ich bin nicht ganz sicher. Aber ich glaube, daß er die macht.»

«Aber um zwölf sind wir nie daheim», jammerte Ellen.

«Wir müssen bis Sonntag warten», erklärte Carol.

«Aber dann kann er was erleben. Der soll sich nur noch einmal erlauben, Mitzi anzufahren. Deshalb hat er so ein komisches Gesicht gemacht, als er dich sah, Rosamond.»

«Hat er das? Aber er muß ja gemerkt haben, daß ich mich nicht erinnerte. Und es wäre mir auch nie eingefallen, wenn Ellen ihn nicht so herrlich kopiert und immer wieder Radio gesagt hätte.» Kurz darauf trennten sie sich «Laß uns wissen, wie es mit Billy weitergeht», rief Carol Rosamond noch nach.

«Selbstverständlich. Wenn alles klappt, müßt ihr zur Premiere kommen.»

In ihrem Zimmer warf sich Carol auf ihr Bett. «Was für ein Abend! So lustig haben wir's schon lange nicht mehr gehabt.» Ellen ging als erste ins Badezimmer. Als sie zurückkam, brachte sie eine Neuigkeit. «Carol, gerade habe ich Mitzi draußen im Gang getroffen. Sonntag nachmittag gibt Colin eine Party, und wir sollen auch kommen. Mitzi ist ganz aufgeregt. Aber wahrscheinlich wird es gräßlich, und ich habe ihr noch nicht zugesagt. Ich wollte erst hören, was du dazu meinst.»

Carol, die sich gerade die Haare bürstete, wirbelte herum, die Bürste hoch erhoben. «Natürlich gehen wir hin. Das gibt eine Überraschung.»

«Carol, was hast du vor?»

«Ich weiß es noch nicht genau. Zuerst will ich mir mal seine Sendung anhören.»

Der Sonntagmorgen zog sich endlos hin. Aber endlich zeigte der Wecker auf Zwölf. Die Mädchen warteten gespannt.

Schließlich hörte man die Stimme des Nachrichtensprechers: «Nach einer kurzen Reklamesendung folgen Nachrichten.» Und dann ertönte eine andere Stimme: «Weißt du Charley», sagte sie, «es ist mir rätselhaft, wie du den ganzen Tag, von morgens bis abends so frisch und gepflegt aussehen kannst.»

Eine zweite männliche Stimme antwortete. Es war eine gute Radiostimme mit schöner Modulation und perfekter Aussprache.

«Aber das ist doch kein Geheimnis, mein lieber Freund. Ich dusche jeden Morgen und benütze selbstverständlich nur Klenzo-Seife. Ihr weicher Schaum garantiert Sauberkeit und Wohlbehagen für den ganzen Tag.»

Die Mädchen blickten sich begeistert an.

Die Stimme fuhr fort: «Aber vergiß nicht, nur Klenzo-Seife hat diesen Effekt. Es ist die erfrischende Seife für männliche Männer. K-l-e-n-z-o.»

Carol stellte das Radio ab. Ihre Augen funkelten unter den dichten Wimpern.

«Das wird ein toller Nachmittag, Ellen. Komm, wir machen uns schön.»

Dazu brauchten sie ziemlich lange und kamen daher etwas verspätet zur Party. Mitzi, die seit morgens um 11 schon in Colins Wohnung war – zum Helfen, wie sie erklärte –, sah hübsch, aber müde aus. Carol vermutete, daß sie die ganze Arbeit allein gemacht hatte, während Colin und sein Freund, mit dem er die Wohnung teilte, herumstanden und kommandierten.

Irgend jemand hatte sich sehr viel Mühe mit dem kalten Buffet gegeben. Salate, Silberzwiebeln, Oliven und die Zutaten für Hamburger – alles war da. Junge Menschen saßen auf den spärlichen Sitzgelegenheiten und auf dem Boden, während Colins Freund die Hamburger im Kamin grillte.

Als Carol und Ellen ihre Mäntel im Schlafzimmer ablegten, hörten sie Colins Stimme, die das Summen der Unterhaltung übertönte.

«Und das soll eine Salatsauce sein, Mitzi?!»

Mitzi, eifrig, nervös, besorgt, eine neue Dummheit begangen zu haben, erwiderte zitternd: «Ist es nicht richtig so? Ich habe die Schüssel mit Knoblauch ausgerieben, genau wie du gesagt hast. Und dann –»

«Und wo ist das Basilikum? Und Tarragona-Essig hast du auch nicht genommen.»

Mitzi war entsetzt über die Vielzahl ihrer Verbrechen. «Es tut mir leid. Aber es war so viel zu tun. Und zum Schluß mußte ich mich gräßlich hetzen. Ich glaube, ich –»

«Schon gut», sagte Colin eisig. «Und wenn man dir hundertmal sagt, wie es gemacht wird –»

Carol trat aus dem Schlafzimmer, die Lippen vor Wut zusammengepreßt. Sie setzte sich in eine Ecke. Das mußte aufhören. Und zwar möglichst schnell.

Sie mußte nicht lange warten. Colin kam zu ihr geschlendert und setzte sich auf die Lehne ihres Sessels.

«Warum sitzen Sie hier so verlassen herum? Gefällt es Ihnen nicht?»

«Es ist wundervoll. Eine reizende Party, Colin.»

«Ohne Sie wäre es nur halb so nett», versicherte Colin ihr mit routinierter Unaufrichtigkeit.

Carol lächelte. «Wie charmant von Ihnen. Sie sehen großartig aus, Colin. So frisch und gepflegt. Wie machen Sie das nur?»

Colin blickte sie erstaunt an. Er kannte Carol jetzt seit zwei Monaten, und diese Art Schmeichelei war etwas völlig Neues an ihr.

«Wahrscheinlich», fuhr Carol fort, «kommt es daher, daß Sie Klenzo-Seife benützen. Ihr weicher Schaum garantiert Sauberkeit und Wohlbehagen.»

Colin drückte seine Zigarette aus und starrte sie sprachlos an.

«Ich sage immer», fuhr Carol fort, «das ist die erfrischende Seife für männliche Männer.»

Colin war ein guter Schauspieler, das mußte man ihm lassen. Seine Stimme klang überzeugend befremdet.

«Mein liebes Kind, von was sprechen Sie da? Sie scheinen Wahnvorstellungen zu haben. Es beunruhigt mich. Es beunruhigt mich außerordentlich, meine Liebe.»

«Es kann Sie auch beunruhigen», erwiderte Carol schmunzelnd. «Ich nehme an, daß Mitzi nichts von dem erfrischenden Effekt der Klenzo-Seife weiß. Ihr predigen Sie nur ständig Ihre Ansichten über das russische Theater und über die Kunst, eine Salatsauce zu machen.»

«Aber, Verehrteste, was soll das alles heißen?»

Carol blickte ihn mit unschuldigen Kinderaugen an. «Ach, ich habe nur gerade vorhin um zwölf Uhr Ihr Radioprogramm gehört. Ich dachte, vielleicht wird es Mitzi interessieren, falls sie es noch nicht kennt. Ich könnte das leicht arrangieren. Es würde Mitzi möglicherweise ein wenig trösten, wenn Sie ihr das nächste Mal verbieten, ein gutes Engagement als Chorgirl anzunehmen.»

Colin senkte als erster die Augen. Aber Carol war noch nicht so ganz überzeugt, gewonnen zu haben. Eine kurze Weile schwieg er. Dann aber lächelte er plötzlich. «O.k.», sagte er mit fast natürlicher Stimme. «Sie haben gesiegt, Verehrteste. Aber wenn Sie wirklich etwas Gutes hören wollen, dann stellen Sie doch einmal die Sendung ein, wo ich den Mann spreche, mit dem sich kein Mädchen verabreden will, weil er nicht Haar-weg-Rasiercrème benützt. Außerdem bin ich auch der gelähmte Sohn in dem herzzerreißenden Knüller ‹*Mutter Walters Leidensweg*›.»

«Wie gräßlich, Colin.» Carol wahr ehrlich entsetzt.

«Ja, jetzt habe ich Ihnen meine Sünden offenbart. Und was gedenken Sie zu tun?»

«Und Mitzi weiß nichts von Ihrem Doppelleben?»

«Glauben Sie wirklich», sagte Colin bitter, «daß irgend jemand mir noch glauben würde, wenn er von der Klenzo-Seife und Mutter Walter wüßte? Sogar so ein süßes Ding wie Mitzi nicht.»

«Da haben Sie recht. Sie wird – gelinde gesagt – überrascht sein, wenn ich's ihr erzähle. Aber, Colin, was soll das alles bedeuten? Warum demütigen Sie denn Mitzi immer so? Und dieses Gerede über Fernsehen und Radio?»

«Sie haben recht. Ich bin ekelhaft zu Mitzi. Aber ich weiß nicht, ob ich Ihnen erklären kann, wie es dazu kam.»

«Versuchen Sie's doch einmal.»

«Sie sollten eigentlich wissen, wie es ist. Da läuft man sich die Sohlen ab, sitzt stundenlang in den Vorzimmern der Produzenten und kommt nach und nach völlig auf den Hund. Überall das gleiche. Und wenn man dann endlich Arbeit findet, so ist es so etwas Widerliches wie diese Klenzo-Seife oder ein Stück, das sich kein Mensch ansieht wie ‹*Zurück zum Staub*›.»

«Ich weiß es.»

«Und dann», fuhr Colin fort, «trifft man ein Mädchen wie Mitzi, die glaubt, man ist ein Supermann, weil man aufs College gegangen ist und ein paar Bücher gelesen hat. Und so ist man eben versucht, sich aufzuspielen. Und es endet damit, daß man sie herumkommandiert, nur weil sie sich's gefallen läßt.»

«Ich werde Mitzi alles erzählen», sagte Carol langsam.

«Und dann wird sie sich nicht mehr von Ihnen herumkommandieren lassen.»

«Machen Sie, was Sie wollen. Aber wenn Mitzi die Wahrheit erfährt, wird sie mir sagen, ich soll mich zum Teufel scheren und mich nie mehr vor ihr blicken lassen.»

«Und wäre das schlimm für Sie?»

Colin gab keine Antwort, und Carol dachte: Hoppla, der Kerl liebt sie ja wirklich. Sie bedeutet ihm ungeheuer viel. Und da erkannte sie, daß Colin ja gar nicht der arrogante, anmaßende Bursche war, für den sie ihn gehalten hatte. Er war ganz einfach ein Mensch, der eine schwere Zeit durchmachte und sich durch seine widerliche Angeberei darüber wegzuhelfen suchte. Aber jetzt war nicht der Moment, sich über Colins mehr oder minder guten Charakter Gedanken zu machen.

«Und Sie erwarten, daß ich's ihr nicht sage?» fragte sie.

«Wenn Sie's nicht tun», sagte Colin lebhaft, «dann werde ich mich von jetzt an so benehmen, wie ich wirklich für sie fühle. Ich habe sie nämlich schrecklich lieb», fügte er hinzu.

«Das möchte ich Ihnen auch geraten haben.»

Colin lachte plötzlich. «Es ist Ihnen doch klar, daß Sie mich erpressen?»

«Natürlich.»

«Eigentlich sind Sie eine ganz nette Erpresserin. Sie sind sogar ein ganz reizendes Mädchen. So jemand wie Sie hat mir gefehlt, um mich aus dieser ganzen Geschichte herauszureißen. Es wuchs mir schon über den Kopf. Hoffentlich kann ich Ihnen auch einmal einen Gefallen tun.»

«Sie müssen nur nett zu Mitzi sein. Das ist alles, was ich verlange», sagte Carol. Und dann fuhr ihr plötzlich ein Gedanke durch den Kopf. «Warten Sie, da ist noch etwas.»

«Mein halbes Königreich? Die Heirat mit dem Prinzen? Drei Elefantenladungen Rubine? Sie wissen ja, Erpresser können fordern, was sie wollen.»

«Dieser Teil ist keine Erpressung. Ich möchte nur Ihre degenerierte Kunst kennenlernen. Sagen Sie mir, wie sind Sie zum Radio gekommen?»

«Ich hab's ersessen. Ich habe ins Mikrophon gesprochen. Ich habe ‹Sein oder nicht sein› rezitiert und Monologe aus dem ‹Faust› und eine Menge Brecht. Und dann habe ich mich wieder hingesetzt und gewartet. Und zuletzt hat einer der Direktoren entschieden, ich könnte mich ganz gut für die Hustensirupreklame eignen.»

«Wo sitzen Sie?»

«Wissen Sie was: Ich werde im Funkhaus ein Rendezvous für Sie verabreden. Es kann zwei oder drei Wochen dauern. Das bedeutet noch nicht, daß Sie Arbeit bekommen. Aber auf jeden Fall hört Ihnen endlich einmal jemand zu, bevor Sie grau und altersschwach werden. Aber ich warne Sie noch einmal: Wenn Sie etwas bekommen, wird es bestimmt schauderhaft sein.»

«Auch ich habe meine Ideale, aber ich muß auch essen. Und ich finde es furchtbar nett von Ihnen und bin Ihnen schrecklich dankbar dafür.»

«Wenn alles abgemacht ist, gebe ich Ihnen Bescheid.» Colin stand auf, klopfte Carol auf die Schulter und erklärte: «Und nun, Verehrteste, werde ich mein Versprechen erfüllen.»

Eine Minute später hörte ihn Carol mit Mitzi sprechen. Sein Ton war immer noch gebieterisch. «Mitzi», kommandierte er, «jetzt sei doch endlich einmal vernünftig und ruh dich aus. Laß alles stehen und liegen. Ich mache es schon.» Mitzi starrte ihn verblüfft an.

«Los, jetzt», wiederholte er. «Ich richte die Hamburger,

und du setzt dich hin. Und vielleicht nimmst du die Nadeln aus dem Haar? Weißt du eigentlich, daß du wunderschöne Haare hast?»

## 7

«Möglich, daß es einschlägt – möglicherweise nicht», sagte Billy Beaseley. «Jedenfalls haben wir in zwei Wochen Probevorstellung in der ‹Blauen Lagune›, Herbert und ich. Es ist eine sehr kurze Zeit, um eine neue Nummer auszuarbeiten.» Er schien nicht gerade entzückt. Die Mädchen hatten ihn auf der Treppe getroffen. Billy und Herbert waren in diesen Tagen ständig unterwegs.

«Gefällt Ihnen der Text von Rosamond?» fragte Ellen eifrig.

«Es ist so ganz anders als alles, was ich bis jetzt gemacht habe. Aber die Frau ist klug, das muß man ihr lassen. Also, dann auf Wiedersehen.» Er eilte die Treppe hinunter und zur Tür, bevor sie noch weitere Fragen stellen konnten.

«Er kommt mir so geheimnisvoll vor. Oder hat er's nur einfach eilig?» sagte Ellen zu Carol.

«Keine Ahnung. Aber ich finde es merkwürdig, daß wir nichts über die neue Nummer erfahren können. Ich wollte, Mike käme wieder einmal her. Ich würde ja gern Rosamond anrufen – aber wir kennen sie doch kaum. Und Billy ist so schweigsam.»

Mike kam jedoch nicht. Und als sie Billy wieder trafen, blieb er nach wie vor verschlossen.

«Warum will er denn nicht mit uns darüber sprechen?» fragte Carol eines Tages Mrs. Garrett.

«Wer? Billy? Der ist doch abergläubisch und denkt, es

gehe alles schief, wenn man mit einem Fremden über eine neue Nummer spricht. Und vielleicht hat er sogar recht.»

Damit mußten sich die Mädchen zufriedengeben. Und es fiel ihnen nicht einmal so schwer, denn sie hatten eigene Sorgen. Überall wurden neue Stücke vorbereitet, aber niemand bot ihnen eine Rolle darin an. Es war bereits November, und Carols Geld schwand zusehends. Colin hatte noch immer keine Verabredung im Radiostudio für sie erreicht. Ellen hatte zwar keine Geldsorgen und merkte auch gar nicht, daß Carol welche hatte, aber sie war entmutigt.

Tagsüber machten sie immer wieder die gleiche Runde. Die Abende waren langweilig, da Carol nicht wagte, ihre spärlichen Dollars für ein Kino auszugeben, und immer behauptete, erschöpft zu sein oder Kopfweh zu haben. Ellen, die es haßte, allein auszugehen, blieb dann natürlich ebenfalls zu Hause.

Keines der Mädchen hatte etwas von Billys Probevorstellung in der «*Blauen Lagune*» vernommen. Auch hatten sie ihn und Herbert schon seit Tagen nicht mehr gesehen. Im Grunde genommen sahen sie überhaupt niemanden außer der stets melancholischen Miß Iverson und der nun strahlenden Mitzi.

Daher freuten sie sich eines Abends über einen Telephonanruf wie Schiffbrüchige über ein am Horizont auftauchendes Boot.

Ellen nahm den Hörer ab, doch Carol erkannte sofort Mikes heisere Stimme. «Er fragt, ob wir heute abend mit ihm ausgehen wollen», berichtete Ellen. Dann nach einem Moment: «Er sagt Abendkleid, und wir sollten versuchen, uns schön zu machen.»

«Sag ihm, er soll sich um seine eigene Schönheit kümmern.»

Ellen hörte gar nicht auf sie. «Was?» quiekte sie. «Billys
·Premiere? Mike! Wie herrlich! Warum hast du uns das
nicht früher gesagt? – Weil wir uns die Haare gewa-
schen hätten. Oh, Mike, sei nicht so gemein. Ja, ja, wir
sind bestimmt fertig.»
Sie hängte ab und wandte sich aufgeregt zu Carol.
«Mike holt uns um 8.30 Uhr ab. Billys erster Auftritt ist
um neun. Oh, Carol, ich glaube, ich werde verrückt.»
Mrs. Garrett, die sich immer in der Nähe des Telephons
zu schaffen machte, erschien neugierig unter der Salon-
tür. «Billys Premiere?» fragte sie.
«Ja», erwiderte Ellen, «und hoffentlich macht er seine
Sache gut.»
«Es kommt mir ja schon ein bißchen komisch vor», fuhr
Mrs. Garrett fort. «Zu meiner Zeit machte sich ein
Komiker eine rote Nase und stolperte bei jedem Schritt,
und das Publikum lachte. Damals mußte man sich noch
nicht mit Politik befassen.»
«Mit Politik?» fragte Carol erstaunt. «Was meinen Sie
damit?»
Doch Mrs. Garrett weigerte sich, weitere Auskünfte zu
geben. Alles, was sie wisse, erklärte sie, habe sie eines
Abends aufgeschnappt, als sie ihn in seinem Zimmer
proben hörte.
In fieberhafter Eile zogen sich die Mädchen an. Mike
hatte ihnen nicht viel Zeit gelassen.
«Weißt du», sagte Ellen, «daß ich noch nie in einem
Nachtklub war? Meine Mutter sagte immer, ich sei
noch zu jung, und letzten Winter haben wir viel zu
schwer gearbeitet. Ich bin schrecklich gespannt.»
«Ich auch», gestand Carol. «Aber für Billy ist es sicher
gräßlich. Angenommen, seine Nummer zieht nicht?»
«Um Himmels willen.»
Sie befestigte gerade die Brosche an ihrem Ausschnitt,

als Mike von unten rief. Beim ersten Blick auf sein Gesicht wußten sie, daß der Abend nicht sehr erquicklich würde.

«Es ist mir ganz egal», flüsterte Ellen in der Untergrundbahn Carol zu. «Jedenfalls ist es für mich der erste Abend in einem Nachtklub. Und ich kann mir nicht helfen, ich bin schrecklich gespannt.»

Mike war sehr schweigsam auf ihrem Weg zum Greenwich Village und trieb sie beim Aussteigen unhöflich zur Eile an. Auf der Straße machte er so lange Schritte, daß sie ihm kaum folgen konnten. Schließlich blieb Carol stehen und fauchte: «Himmel noch einmal, was soll das, Mike? Ich bin doch kein Marathonläufer.»

«Es tut mir leid.» Widerstrebend schlug Mike ein etwas langsameres Tempo ein. Die «Blaue Lagune» war einer der vornehmeren Nachtklubs. Als die drei den lauten, schlecht beleuchteten Saal betraten, ergötzte Ellen sich an den mit üppigen Palmen und rosaroten Flamingos bemalten Wände.

Carol, die mit ihrem Bruder schon hie und da einen Nachtklub besucht hatte, interessierte sich weniger für die Dekoration. Sie dachte an Billy, der irgendwo dort hinten darauf wartete, einem versnobten Publikum gegenüberzutreten und es zu unterhalten. Ein Publikum, das entweder widerlich ausgelassen oder grenzenlos blasiert sein würde.

Neben der Tanzfläche war ein guter Tisch für sie reserviert. Als sie ihre Plätze eingenommen hatten, blieb den Mädchen nichts anderes übrig, als Mike zuzusehen, der schweigend mit dem Nagel Figuren auf das weiße Tischtuch zeichnete.

«Er sieht trostlos aus», flüsterte Ellen ihrer Freundin ins Ohr. Carol nickte. Das glich Mike wieder ganz und gar, eine düstere Miene zu machen, während sie doch alle einer Aufheiterung dringend bedurften. Aber er blieb düster. Es war hoffnungslos mit ihm. Sie fühlten sich daher sehr erleichtert, als Rosamond in einem dunkelgrünen Abendkleid auf ihren Tisch zusteuerte. Sie hatte sich sogar geschminkt. Dennoch konnte Carol schon von weitem erkennen, daß sie unter der Schminke leichenblaß war.

Carols Hoffnung auf eine Aufheiterung schwand ganz und gar, als Rosamond ihren Tisch erreichte. Kaum daß sie nickte. Sie ließ sich auf einen Stuhl sinken und faßte mit beiden Händen an die Schläfen.

«Es ist schlecht», sagte sie. «Es hat überhaupt keinen Witz. Und ich bin an allem schuld.»

«Es wird schon schiefgehen», knurrte Mike.

Rosamonds Stimme war vor Verzweiflung ganz heiser. «Er wird nicht ankommen. Ich weiß es genau. Es ist so platt wie ein Pfannkuchen. Billy kann nichts dafür. Er hat schon begriffen, was ich meine, und das Timing ist gut. Aber das Material gibt nichts her. Es sprüht keine Funken. Mike, ich habe versagt.»

«Werd jetzt nur nicht melodramatisch.»

Carol schmunzelte. Das war ganz Mike.

Nun fiel ein Scheinwerfer auf die Tanzfläche, und die übrigen Lichter gingen langsam aus. Der Bandleader erhob sich. «Ladies und Gentlemen», begann er, «ich möchte Ihnen Billy Beaseley vorstellen.» In diesem Augenblick trat Billy ins Scheinwerferlicht. Er trug einen gewöhnlichen blauen Anzug, und sein zerfurchtes Gesicht zeigte einen freundlichen Ausdruck. Er verbeugte sich schnell und sprach kurz und ernsthaft. «Applaudieren Sie nicht mir», sagte er. «Ich bin nur ein einfacher Steuerzahler. Aber es ist mir ein Vergnügen und eine Ehre, Ihnen jemand vorzustellen, der keiner Vorstellung bedarf. Der ehrenwerte Senator von Irgendwo, Herbert

S. Kunk.»

Er streckte die Hand aus, und Herbert, fett und imposant, watschelte in den Scheinwerfer und verbeugte sich, wie er sich so oft vor den Freundinnen in Mrs. Garretts Salon verbeugt hatte.

Das Publikum keuchte und richtete sich auf. Die Vorstellung begann.

Es dauerte einige Zeit, bis Carol richtig begriff, wie geschickt Rosamond gearbeitet hatte. Zuerst dachte sie nur, daß Billys Clownerien eingedämmt und durch eine geschickte Regie gewisse Worte in Herberts Mund gelegt hatte. Nach und nach wurde ihr jedoch klar, daß Billys einfache Nummer in eine brillante politische Satire umgewandelt worden war. Mit Billy als dem immer wieder übervorteilten Bürger und Herbert als korruptem Senator. Das Einzigartige der Nummer war, daß Herberts Äußeres vollkommen seiner Rolle entsprach. Es war etwas Aufgeblasenes und Unzuverlässiges an ihm, als er so angeberisch über die Tanzfläche stolzierte. Das Publikum liebte ihn auf den ersten Blick und begrüßte seine gedruckten Erklärungen mit dröhnendem Gelächter. Am Ende, als er Billy zu Boden geworfen hatte, wies er eine Karte vor, auf der zu lesen stand: «Wählen Sie den Senator Herbert S. Kunk auch für die nächste Session.»

Der Applaus war stürmisch. Man pfiff. Billy kehrte zurück und verbeugte sich immer und immer wieder.

Und dann kam Herbert, schwarz-weiß, höchst selbstzufrieden und unsagbar wichtigtuerisch.

Carols «Toll!» ging in dem Trubel unter. Sie drehte sich auf ihrem Sessel um, im Halbdunkel die Gesichter des Publikums betrachtend. Aus allen Mienen sprach ehrliche Begeisterung. Billy und Herbert waren ein Hit.

Als Carol wieder nach Billy schaute, stand er noch immer im Scheinwerferlicht. Er hob die Hand und bat

um Schweigen. Neben ihm verbeugte sich Herbert liebenswürdig nach allen Seiten. Billy schaute auf ihn
hinab, lächelte sein trauriges Clownlächeln, und seine
Lippen bewegten sich. Carol wußte, daß er «O.k. Boy»
sagte. Zufrieden setzte Herbert sich hin.

«Ladies und Gentlemen», begann Billy, «der Senator
und ich danken Ihnen für den herzlichen Empfang heute
abend. Gleichzeitig danken wir auch Miß Rosamond
Duncan, die diese Nummer gestaltet hat.» Er nickte
Rosamond zu. Im nächsten Augenblick lag Mikes Tisch
im Scheinwerferlicht. Mike grinste breit. Rosamond
stöhnte entsetzt, erhob sich dann aber und verneigte
sich.


## 9


Die Welt war durch einen dichten Novemberregen in
einen grauen Vorhang gehüllt, der selbst das Rundfunk-
gebäude, sonst ein glitzernder Turm aus Aluminium und
Glas, trostlos und schäbig erscheinen ließ.

8.30 Uhr ist keine Zeit für eine Schauspielerin, schon
auf der Straße zu sein, dachte Carol, unausgeschlafen
und verstimmt.

Doch selbst zu dieser Stunde wirkten die Studios beruhigend. Sie prunkten mit teurem Holz und Chrom. Dicke
Teppiche umschmeichelten die Füße. Das Wartezimmer
mit seinem blauen Bodenbelag und der silbernen Decke
war der Wunschtraum eines Innenarchitekten. Die völlig überwältigte Carol atmete erleichtert auf, als sie hinter sich eine bekannte Stimme sagen hörte: «Schrecklich, nicht wahr?»

Carol hätte nicht gedacht, daß sie sich derart über
Colins Anblick freuen könnte. «Ich bin wie gelähmt vor

Ehrfurcht», gestand sie. «So etwas habe ich in meinem ganzen Leben noch nicht gesehen.»

Colins Züge verhärteten sich.

«Täuschen Sie sich ja nicht. Werfen Sie nur mal einen Blick auf die Leute, die auf diesen teuren Sesseln sitzen, und Sie werden die gleichen Gesichter erkennen, die Sie täglich in den staubigen Vorzimmern der Produzenten sehen.»

Er hatte recht: es waren die gleichen sorgsam gepflegten Kleider, die gleichen halb eifrigen, halb verzweifelten Gesichter, die gleiche Atmosphäre des verzweifelten Wartens.

«Immerhin», fuhr Colin fort, «habe ich es durch mein berufliches Prestige und mein einzigartiges Talent, mit Sekretärinnen umzugehen, erreicht, daß Sie nicht länger als ein paar Stunden warten müssen. Ihre Verabredung lautet auf 9 Uhr, und es könnte sein, daß Sie schon um 11 Uhr drankommen. Haben Sie irgendeine Rolle mitgebracht?»

«Ja. Es hieß, ich solle eine ernste und eine komische bringen. Und da habe ich die lange Rede der Nichette aus der ‹Kameliendame› und etwas aus ‹Feine Leute› mitgenommen. In diesem Stück habe ich letzten Sommer die Annabelle gespielt.»

«Gut. Es ist immer besser, etwas vorzulesen, was man schon kennt. Und vergessen Sie nicht, was ich Ihnen gestern sagte: Behandeln Sie das Mikrophon wie ein menschliches Ohr. Geraten Sie nicht ins Schreien. Wenn es laut klingen soll, gehen Sie näher an das Ding heran. Und wenn Sie eine gedämpfte Wirkung wünschen, stellen Sie sich weiter weg.»

«Ich verstehe», sagte Carol unsicher.

«Sie werden Mr. Reeves vorlesen», fuhr Colin fort. «Und das muß man dem alten Knaben lassen, von der

Schauspielerei versteht er etwas und hält sie nicht nur für ein notwendiges Übel, das die Toneffekte stört. Also viel Glück, Verehrteste, und viel Spaß. Ich muß mich jetzt in den gelähmten Sohn der *Mutter Walter* verwandeln. Sagen Sie nur dem Mädchen dort drüben, wer Sie sind. Sie weiß Bescheid.»

Carol näherte sich dem Mädchen am Empfangstisch. «Mein Name ist Carol Page», sagte sie. «Ich habe eine Verabredung mit Mr. Reeves.»

Das Mädchen warf einen Blick in sein Notizbuch. «Ja, um neun. Nehmen Sie, bitte, Platz, Miß Page. «Wenn er frei ist, werde ich Sie rufen.»

Carol setzte sich in einen der üppigen Sessel. Sie war ja ans Warten gewöhnt. Den größten Teil der letzten Monate hatte sie damit zugebracht.

Und diese Sessel sind bedeutend bequemer als die Holzbänke, dachte sie. Von Zeit zu Zeit wurde ein Name ausgerufen. Jemand stand auf und ging durch das Zimmer, deutlich bemüht, keine Angst zu zeigen. Gelegentlich eilte ein gehetzter, wichtig dreinblickender Mann durch das Wartezimmer, und alle schauten ihm hoffnungsvoll entgegen.

«Wahrscheinlich sind das Direktoren», sagte Carol sich. Fünf Minuten vergingen, und wieder tauchte ein Direktor auf. Er war genau wie die andern – eilig und sehr beschäftigt mit dem Versuch, gleichzeitig ein Manuskript zu lesen und allen Leuten freundlich zuzunicken.

Eine Frau stand auf. Sie war groß, nicht mehr ganz jung und stark geschminkt. Unter ihren Augen zeichneten sich tiefe Ringe ab.

«Mr. Davidson», sagte sie, «vielleicht erinnern Sie sich noch an mich?»

Mr. Davidson blickte auf. «Aber ja – natürlich. Wie – wie geht es Ihnen?»

«Na, man lebt», erwiderte die Frau mit forcierter Fröhlichkeit. «Und Sie? Sie böser Mensch? Ich glaube, Sie haben mich total vergessen. Ich habe doch die Mrs. Wandrous in ‹Marcias Elend› gespielt.»
«Aber ja. Natürlich. Es war eine großartige Leistung. Großartig. Aber jetzt müssen Sie mich entschuldigen –»
«Ich habe mir überlegt», fuhr die Frau fort, «ob Sie nicht den Autor bitten könnten, die Mrs. Wandrous wieder eine Zeitlang in die Serie aufzunehmen. Ich bin überzeugt, er tut alles, was Sie sagen.»
Mr. Davidson sah gehetzt aus. «Ich werde alles tun, was mir möglich ist», sagte er. «Aber die Mrs. Wandrous war natürlich keine Hauptfigur, und ich glaube nicht –»
«Ich habe nämlich eine ziemlich schwere Zeit hinter mir», drängte die Frau mit zunehmender Verzweiflung in der Stimme. «Und wenn ich nur für eine Weile wieder bei der ‹Marcia› mitmachen könnte, oder in irgendeinem andern Stück, so wäre das –»
Mr. Davidson blickte sie betroffen an und murmelte etwas von «Gelegentlich berichten». Dann drehte er sich um und floh.
Carol war blaß geworden, die grünen Augen ganz groß. Wenn es mir auch einmal so geht, dachte sie. Wenn ich alt bin und kein Engagement habe und Angst bekomme, ob ich mich dann auch derart erniedrigen muß?

In diesem Augenblick rief die Sekretärin ihren Namen.
«Miß Page? Bitte, gehen Sie dort hinunter.» Sie wies auf einen langen Gang. «Rechts, die dritte Tür.»
Zaghaft öffnete Carol die Tür und befand sich in einem mit dicken Teppichen ausgelegten Raum. In der Mitte stand einsam ein Mikrophon. Sonst war das Zimmer leer. Drei der Wände waren zart beige gestrichen, die vierte bestand nur aus Glas, durch das man jedoch

nichts sehen konnte.

Plötzlich hörte Carol eine Stimme.

«Miß Page?» Carol drehte sich um. Doch es befand sich niemand im Zimmer.

«Wollen Sie bitte mit Lesen beginnen», fuhr die körperlose Stimme fort. «Stellen Sie sich mit ungefähr dreißig Zentimeter Abstand vor das Mikrophon.»

«Meinen Sie hier?» fragte Carol den Unsichtbaren.

«So ist's richtig.»

«Ich werde eine Stelle aus ‹Feine Leute› lesen», sagte Carol in den leeren Raum. «Ich bin die Annabelle.»

Die Blätter zitterten in ihrer Hand, und sie kam sich unsagbar lächerlich vor. Sie hatte diese Rolle im vorigen Sommer sehr genau studiert. Es war ihre erste Rolle an Mr. Richards' Sommertheater gewesen, und Mr. Richards hatte sich große Mühe mit ihr gegeben. Sie spielte eine 15jährige, frech, lustig und selbstbewußt. Aber, fragte sich Carol, wie konnte man vor einem Mikrophon frech, vergnügt und selbstbewußt sein? Sie musterte es voller Entsetzen.

«Himmel, Sis», begann sie tapfer. «du ahnst nicht, wer gerade gekommen ist . . .» Es war, als lese man in einem Geisterhaus. Es gelang ihr nicht, sich in ihre Rolle zu versetzen. Es gelang ihr nicht einmal zu glauben, daß ihr irgend jemand zuhören könnte.

Es tönte schrecklich, und sie wußte es. Es klang keine Frische aus ihrer Stimme, keinerlei Charakter, nur entsetzliche Angst und die eiserne Entschlossenheit, nicht aufzugeben. Als sie schließlich geendet hatte, war niemand da, an den man sich wenden konnte. Nicht einmal jemand, der unzufrieden war. Nichts als das schweigende, glitzernde Mikrophon.

Die Stimme sprach wieder.

«Und jetzt die andere Rolle.»

Carol informierte die Zimmerdecke, daß es die Nichette aus der «*Kameliendame*» sei. Sie begann von neuem.

Diesmal ging es besser. Sie liebte die Rolle sehr und hatte sich so glücklich in ihr gefühlt, daß sie sich jetzt ein dankbares, begeistertes Publikum vorzustellen vermochte. Ein Publikum wie im letzten Sommer, als sie mit Madame Orliana zusammenspielte.

Und dann, als sie ungefähr dreiviertel der Passage gelesen hatte, wurde sie von der Stimme unterbrochen.

«Danke, Miß Page.»

«Meinen Sie – das ist alles?»

«Vielen Dank. Wenn wir etwas für Sie haben, werden wir Sie benachrichtigen.»

«Und ich soll nicht mehr weiterlesen?»

«Sie haben uns einen sehr guten Eindruck von Ihrer Arbeit vermittelt», sagte die Stimme. «Vielen Dank. Wir werden Sie benachrichtigen.»

«Nur jetzt nicht zu rennen anfangen», sagte Carol zu sich selbst. «Du mußt ganz ruhig und unbeschwert gehen. Der Korridor ist gleich zu Ende. Jetzt noch das Wartezimmer. Ein Lächeln für das Mädchen. Nur nicht zu rasch.»

In einer Minute würde sie im Lift draußen sein und in der nächsten auf der Straße. Auf der Straße, wo es keine Mikrophone und körperlose Stimmen gab. Vielleicht ließ sich ein dunkler Winkel finden, in dem man unbemerkt sterben konnte.

Es war nicht der Fehlschlag, der ihr zu schaffen machte. Sie hatte schon andere Fehlschläge überlebt. Es war das Mechanische an der ganzen Sache. Das Alleinsein, die ganz unpersönliche Atmosphäre.

«In meinem ganzen Leben betrete ich nie mehr ein Radiostudio», schwor sie sich.

Jetzt war sei bei den Aufzügen angelangt. Die Welt verschwamm ihr vor den Augen. Umständlich putzte sie sich die Nase und suchte in der Tasche nach Puder und Lippenstift. Man konnte doch im Aufzug nicht heulen. Sorgfältig puderte sie sich die Nase, ehe sie auf den Knopf drückte.

Die Studiotür wurde aufgerissen, und ein Botenjunge flitzte heraus. «Miß Page?» fragte er atemlos. «Miß Page?»

Carol nickte wortlos.

«Wollen Sie bitte mit mir kommen, Miß Page? Mr. Crofts möchte Sie sprechen.»

«Aber», sagte Carol verwundert, «ich habe doch für Mr. Reeves gelesen.»

Der Junge widerholte nur, daß Mr. Crofts sie sprechen wolle.

Stumm vor Staunen folgte Carol ihm durch die Milchglastür.

Diesmal gingen sie einen andern Korridor hinunter, vorbei an eleganten Büros, in die Carol hie und da einen Blick werfen konnte. Mr. Crofts' Büro war eines der eindrucksvollsten. Es hatte eine Eichentäfelung und englische Jagdstiche an den Wänden. Mr. Crofts war ein schmächtiger Mann, anfangs Dreißig, und er lächelte Carol freundlich zu.

«Sie kennen mich nicht», sagte er. «Aber ich habe Sie schon gesehen. Um die Wahrheit zu sagen: ich habe Sie eine ganze Woche lang jeden Abend gesehen.»

«Wie bitte?»

Mr. Crofts nickte. «Letzten Sommer, als Sie in der ‹Kameliendame› spielten. Ich war in einem Hotel in der Nähe von Winasset und schaute mir sämtliche Vorstellungen an. Ich bin selber ein frustrierter Theatermann und lasse mir keine Gelegenheit entgehen, mir die Orliana anzusehen.»

«Aber wieso –», stammelte Carol. «Ich meine – Sie waren nicht –»

«Ich war zufällig im Abhörraum, als George Reeves Sie prüfte. Und ich dachte, das ist keines von den eingebildeten jungen Dingern, die meinen, mit ein bißchen Technik sei's bei den Klassikern getan. Die weiß, wovon sie redet, und ihre Stimme kommt mir so bekannt vor. Ich schaute Sie mir also an, und siehe da, es war die Nichette der Orliana – und eine verdammt gute dazu.»

«Aber diesmal doch nicht gut genug», erwiderte Carol niedergeschlagen.

«Wissen Sie, George suchte eine Person, die ein wenig spießiger ist als Sie. Sie haben jetzt sicherlich eine unangenehme Zeit, oder nicht?»

«Schauerlich.»

«Also, es verhält sich, wie ich Ihnen sagte: Sie sind nicht der richtige Typ für Georges Stück. Aber wenn Sie finden, daß der Spatz in der Hand besser ist als die Taube auf dem Dach, hätte ich vielleicht eine kleine Sache für Sie.»

«Nur irgend etwas», erwiderte Carol trocken, «wäre eine solche Abwechslung, daß der Schock mich glatt umwerfen würde.»

«Machen Sie sich keine allzu grossen Hoffnungen», warnte er. «Aber ich glaube, ich könnte Sie morgen brauchen. Kommen Sie um elf.»

«Phhh!» keuchte Carol, «das ist wundervoll. Einfach wundervoll!»

«Ich freue mich, der Nichette behilflich zu sein. Aber ich fürchte, es ist eine große Kluft zwischen der Kameliendame und dem, was ich Ihnen zu bieten habe.»

Das war Carol ganz egal. Sie war, wie sie Ellen am Abend erzählte, so angeekelt von dem ganzen Radio, daß sie nie mehr den Knopf ihres Transistors aufdrehen würde.

«Dann tu ich's auch nicht mehr», sagte die getreue Ellen. «Ich wäre so gern mit dir gegangen, aber jetzt bin ich froh, daß ich's nicht getan habe. Ich ging nämlich noch einmal zu Clarick und O'Toole, und – Carol – ich habe mit ihnen gesprochen.»

«Ellen!» jauchzte Carol.

«Ja», fuhr Ellen gleichmütig fort, «sie haben gesagt, ich soll morgen wiederkommen. Sie haben sogar angetönt, sie hätten vielleicht etwas für mich.»

«Aber, Ellen, das ist doch einfach herrlich. Und da hast du mich zuerst meine ganze Radiogeschichte herunterleiern lassen!»

«Wenn das vor drei Monaten passiert wäre, wäre ich wahrscheinlich tot umgefallen. Aber jetzt weiß ich schon viel zu genau, daß sie sagen werden, ich sei zu dick oder zu blond oder meine Stimme sei nicht richtig oder sonst etwas. Weshalb soll ich mich also aufregen?»

«Ich weiß. Mit der Zeit wird man so.»

«Aber du bist ganz sicher mit dieser Radiogeschichte?»

«Ja, ziemlich», erwiderte Carol. Als sie in der Nacht wach lag, hatte sie ein Gefühl der Sicherheit wie schon lange nicht mehr. Jedenfalls hatte sie jetzt wieder einmal Arbeit. Aber die arme Ellen. Clarick und O'Toole würden sie wahrscheinlich auf später vertrösten. Vielleicht, dachte Carol, kann ich sie ebenfalls zum Radio bringen, wenn ich mich dort erst einmal ein bißchen besser auskenne.

Doch als sie am Morgen Ellen vorschlug, ein gutes Wort für sie im Studio einzulegen, wehrte sie sich. «Ich würde mich zu Tode fürchten. Das könnte ich niemals. Bitte, Carol, versuch es erst gar nicht. Ich weiß genau, daß ich mich nicht dafür eigne. Aber du mußt mir alles haargenau erzählen.»

Carol versprach es und machte sich auf den Weg.

Das Studio, in das man sie diesmal schickte, war ein kleiner Raum. Es enthielt einen Tisch, über dem ein Mikrophon hing. Ein zweites stand daneben. Mr. Crofts und eine gut aussehende Dame in den Dreißigerjahren saßen auf einem blauen Ledersofa und lasen in einem Manuskript. Mr. Crofts lächelte Carol zu.

«Mrs. Gerson, das ist Miß Page.» Und dann zu Carol: «Sie und Mrs. Gerson werden einen kleinen Dialog über die Vorzüge der Gold-Haferflocken sprechen. Mrs. Gerson kennt sich in diesen Dingen aus.»

Mrs. Gerson lächelte Carol ein wenig ironisch zu. «Auch eine Art, sein Brot zu verdienen. Aber das könnte man mit Steineklopfen auch.»

«Unsinn, Evelyn, Sie würden sich schön die Daumen zerquetschen», sagte Mr. Crofts lachend. «O. k. Fangen wir an? Miß Page, wenn Sie rasch Ihr Manuskript anschauen würden. Wir sprechen es dann zuerst ein paarmal durch.»

Carol las die maschinegeschriebenen Zeilen und erbleichte. Wer immer das geschrieben hatte, sein schlechter Geschmack übertraf noch bei weitem die Autoren der Klenzo-Reklame. Staunend hörte sie Mrs. Gerson zu, die mit natürlicher Selbstverständlichkeit las: «Ach, ich fühle mich in der letzten Zeit so schlapp und lahm. Wenn ich nur wüßte, was ich dagegen tun soll. Nie mehr bringe ich das Essen pünktlich auf den Tisch, und der Waschtag ist ein Alpdruck für mich. Wie machen Sie es nur, daß Sie immer so frisch aussehen, mit den drei lebhaften Kindern und dem gepflegten Haus?»

Aus dem Mund der eleganten Mrs. Gerson mit ihren langen Jade-Ohrringen klangen diese Worte derart unglaubwürdig, daß Carol sie zuerst einmal verblüfft anstarrte und Mr. Crofts sie durch ein lächelndes Nicken zu ihrer Antwort auffordern mußte.

«Meine Liebe», las Carol so unbefangen wie möglich, «da ist kein Geheimnis dabei. Ich gebe meiner ganzen Familie zum Frühstück immer die vitaminreichen, wohlschmeckenden Gold-Haferflocken. Die Kinder sind begeistert, und ich selber esse immer einen ganzen Teller davon. Die Ärzte empfehlen sie wegen der vielen Aufbaustoffe.»

Mr. Crofts schüttelte den Kopf. «Es muß viel überzeugender klingen. Merken Sie sich: im Unterschied zum Theater wird bei uns Übertreibung verlangt. Sie sollen verkaufen. Sie müssen möglichst überzeugend sein.»

Carol versuchte es wieder. Dann ein drittes und ein viertes Mal.

Schließlich, als sie, ihrer Meinung nach, grenzenlos übertrieben hatte, probierten sie vor dem Mikrophon. Mrs. Gerson blieb kühl und gelassen, anscheinend völlig beherrscht, während auf Carols Oberlippe Schweißtropfen standen und die zerzausten Haare ihr wirr ins Gesicht hingen. Endlich, nachdem Mr. Crofts sie einmal näher zum Mikrophon und dann wieder weiter weg geschoben hatte, nachdem er sie einmal lauter und dann wieder leiser hatte sprechen lassen, nickte er.

«So, das hätten wir», sagte er befriedigt. «Das sollte der Firma die drei Millionen Umsatzsteigerung bringen, die sie sich davon verspricht. Gott sei Dank müssen wir das Zeug nicht essen.»

Mrs. Gerson stand auf und griff nach ihrem Mantel. Zögernd blickte Carol Mr. Crofts an. Er lächelte ihr wieder zu. «Ich habe Ihnen ja gleich gesagt, die Kameliendame ist es nicht.»

«War das alles?» fragte Carol.

«Ja. Außer wenn der Reklameagentur das Tonband nicht gefällt. Dann müssen wir die Sache noch einmal wiederholen.»

«Aber –»

Mr. Crofts verstand. «Sie haben soeben 50 Dollar verdient. Wir schicken Ihnen einen Scheck. Ihren Namen haben wir in der Kartei. Wir geben Ihnen Nachricht, wenn sich wieder etwas bietet.» Freundschaftlich schüttelte er ihr die Hand und verließ den Raum.

50 Dollar, dachte Carol, als sie auf den Liftknopf drückte. Keine feste Anstellung. Keine weitere Arbeit. Nicht einmal ein kleines Kompliment. Einfach 50 Dollar. Sie wußte nicht, ob sie lachen oder weinen sollte. «50 Dollar, 50 Dollar», murmelte sie vor sich hin, als sie mit dem Lift hinunterfuhr. «50 Dollar sind eine kolossale Summe, besonders wenn man davon leben muß.»

Auf der Straße angekommen, überlegte sie, wie sie es Ellen beibringen sollte. Vielleicht gelingt es mir, es witzig klingen zu lassen, dachte sie. Aber Ellen wird mich durchschauen.

Es bot sich jedoch keine Gelegenheit, es – witzig oder nicht – Ellen zu erzählen. Ellen wartete schon im Vorplatz auf sie und flog ihr um den Hals.

«Carol», quickte sie, «Carol, Carol, ich habe ein Engagement.»

## 10

Jetzt war Ellen an der Reihe zu berichten. Und so konfus dieser Bericht auch war, mit der Zeit ließ sich doch der Kern des Wunders herausschälen.

«Also», begann sie, um Carols Wunsch, mit dem Anfang anzufangen, zu erfüllen. «Also, ich ging zu diesem Mann –»

«Welchem Mann, bitte?»

«Dem Geldgeber für das Stück. Mr. Fable. Verstehst du, seine Frau spielt die Hauptrolle, und es steht in ihrem Kontrakt, daß sie bei der Zusammenstellung des Ensembles ein Mitspracherecht hat.»

«Und?»

«Ich machte mich also piekfein», sagte Ellen. «Wusch mir die Haare und so weiter. Und als mich Miß Eldridge so sah – das ist die Sekretärin von Clarick und O'Toole, rief sie: ‹Du lieber Himmel, das ist ganz falsch. Sie sehen viel zu gut aus.› Und dann zog sie mich ins Badezimmer – es war das schönste Badezimmer, das ich je gesehen habe. Alles schwarzer und gelber Marmor. Und dort mußte ich mir das Gesicht schrubben, bis es glänzte. Und die schöne Welle aus meinem Haar auskämmen.»

Bedauern und Wut verschlugen Ellen die Sprache.

«Weiter, weiter.»

«Und dann gingen wir ins Wohnzimmer. Und da saßen Clarick und O'Toole, Mr. Fable und seine Frau – Miß Evion ist ihr Künstlername –, sie ist toll. Ach, das hab' ich ja ganz vergessen: Als wir im Badezimmer waren, sagte Miß Eldridge zu mir: ‹Glauben Sie mir, ich meine es gut mit Ihnen. Die Evion hat schon vierzehn Mädchen hinausgeschmissen, nur weil sie zu hübsch gewesen sind.›»

«Das klingt ja entsetzlich.»

«Ja, das dachte ich auch. Und ich muß sagen, sie ist auch nicht besonders nett. Aber ihr Mann ist wenigstens höflich. Und Mr. Clarick und Mr. O'Toole waren genau wie immer. Sie sagten: ‹So, Miß Evion, jetzt haben wir das richtige Mädchen für Sie. Machen Sie sich weiter keine Sorgen. Miß Gregg ist genau das, was wir suchen.› Und Miß Evion musterte mich und sagte: ‹Das will ich auch hoffen, nach so vielen Nieten.›»

88

«Wie abscheulich.»

«Ja. Aber es hatte doch auch sein Gutes. Ich wurde nämlich fuchsteufelswild, und das kam mir zugute, als ich das Tablett fallen ließ.»

«Wie bitte?»

«Als ich das Tablett fallen ließ», wiederholte Ellen geduldig. «Das gehört nämlich zu meiner Rolle.»

«Ellen, Herzblatt, jetzt erzähl mir doch einmal schön der Reihe nach. Was geschah, als diese Evion das von den Nieten sagte?»

«Also, sie hießen mich, hinauszugehen und gereizt und nervös wieder hereinzukommen und ein Tablett fallen zu lassen. Und natürlich hatte ich eine Todesangst und konnte keinen Finger rühren. Du weißt doch, wie das ist, wenn man etwas, was man wirklich fühlt, nicht richtig ausdrücken kann?»

Carol wußte es nur zu gut.

«Und so war ich natürlich miserabel. Wenigstens kam es mir so vor. Und dann sah ich diese Evion an, mit ihren schwarzgefärbten Haaren und der dicken Schminke auf dem Gesicht, so in ihren Sessel hingegossen, und diesen kalten, berechnenden Augen –»

«Ja und?»

«Und da stieg mir auf einmal die Galle hoch», sagte Ellen trotzig. «Ich dachte mir, was für ein Recht hat sie, eine Hauptrolle zu spielen und über andere Leute zu befinden? Nur weil sie einen reichen Mann hat, der Geld in das Stück stecken kann. Und im Augenblick, wo ich derart wütend wurde, war meine ganze Angst verflogen, und alles war in Ordnung. Natürlich hatte ich immer noch Angst. Aber anders. Es ging mir nicht mehr unter die Haut.»

Carol nickte.

«Ich kam wieder herein, kreischte und schmiß das

Tablett auf den Boden. Und bei der Wiederholung war ich genauso gut wie beim ersten Mal. Und Mr. Fable sagte: ‹So, Sandra, Darling, hoffentlich hast du das Gefühl, daß die hier die Richtige ist.› Und sie sagte: ‹Na, wenigstens ist sie nicht ganz so schlecht wie die andern.› Und jetzt kann ich morgen ins Büro gehen und meinen Vertrag unterschreiben.»

«Das ist die schönste Geschichte seit langem. Ellen, ich freue mich ja so. Wovon handelt das Stück? Und was für eine Rolle spielst du?»

«Es heißt ‹Hochmut kommt vor dem Fall› und handelt von einer Familie, die sich als reich aufspielt, um einem Geschäftsmann Eindruck zu machen. Miß Evion spielt die Tochter, und ich bin die Nachbarstochter, die das Zimmermädchen mimt.»

«Ist es eine große Rolle?»

«Aber nein. Ungefähr drei Zeilen und dieser Schrei. Aber stell dir doch vor, ich habe ein richtiges Engagement. Ich habe eins, und du wirst sicher auch bald eins bekommen.»

«Abwarten», erwiderte Carol. «Diese Radiogeschichte war eine komplette Enttäuschung.» Aber da sie Ellens Begeisterung nicht zerstören wollte, erzählte sie nicht viel von ihrem eigenen Mißgeschick, sondern sagte beruhigend: «Es wird sich schon etwas zeigen.»

Aber es zeigte sich nichts. Es wurde Dezember, und ein eisiger Wind heulte durch die Straßen. Die Vorzimmer der Produzenten waren muffig und überheizt. Doch wenn Carol dankbar wieder in die frische Luft hinaustrat, raubte ihr die Kälte den Atem. Sie fand kaum Gelegenheit, von Ellens Erlebnissen zu hören, denn als die Proben begannen, kam Ellen jeden Abend so müde heim, daß sie kaum noch reden konnte. Nur ganz gelegentlich erfuhr Carol, daß alles programmgemäß verlief.

«Wir müssen so viel herumstehen», beklagte sich Ellen eines Abends. «Und ehrlich gesagt, diese Evion ist ein Scheusal. Sie brüllt alle Menschen an, sogar Mr. Haggard, den Regisseur. Und sie droht ständig, den Mitspielern zu kündigen.»

«Damit meint sie doch nicht etwa dich?»

«Nein, nein. Ich bin viel zu unbedeutend. Aber weißt du, im Grunde genommen versteht sie überhaupt nichts vom Theater. Vor ihrer Heirat mit Mr. Fable war sie Chorgirl. Und sie wird wütend, wenn sie glaubt, jemand wisse mehr als sie. Ehrlich, Carol, Theater kann etwas sehr unerfreuliches sein.»

«Das wird alles besser, wenn erst die Proben vorbei sind.»

«Das kann noch lange dauern.» Ellen war sauer. «Es ist schon die Rede davon, die Premiere um eine Woche zu verschieben. Wetten, daß sie es auch tun?»

Ellens düstere Prophezeiung erfüllte sich. Das Ensemble probte noch eine Extra-Woche und dann noch eine zweite. Ellens Klagen darüber irritierten Carol. Ellen erhielt 100 Dollar Probenhonorar in der Woche, neben ihrem monatlichen Zuschuß. Und sie hatte ein Engagement, ob es ihr gefiel oder nicht. Carol hatte noch genau 250 Dollar auf der Bank, kein Engagement und auch keine Hoffnung, eines zu bekommen. 250 Dollar würden, bei einiger Sparsamkeit, gerade noch für den Januar reichen. Aber was kam dann? Besser gar nicht daran denken. Immerhin fuhr Carol über Weihnachten nach Hause, und darin ging es ihr besser als Ellen, die die Feiertage bis tief in die Nacht mit Proben verbringen mußte.

Sie kam am Weihnachtsabend heim, und nach den letzten schlimmen Monaten erschien es ihr wie im Paradies. Sie genoß die Weihnachtsstimmung mit den Stechpalmen und Mistelzweigen und Silberkugeln in vollen Zügen.

In dieser behaglichen Atmosphäre war die Verlockung groß, sich über die vergangenen Monate zu beklagen. Doch sie wußte, was ihre Mutter sagen würde: Aber dann komm doch nach Hause.

Und das wollte sie um keinen Preis. Es war nicht nur ihr Stolz. Es war viel mehr. Es war eine tiefe innere Überzeugung, die sie alle diese Demütigungen ertragen ließ.

«Ich muß mich durchbeißen», sagte sie zu sich selbst. «Ich wollte, es wäre nicht ganz so schwer. Aber ich würde alles tun, um beim Theater zu bleiben. Alles. Und schließlich könnte es ja noch ärger sein. Ich habe doch Ellen. Und solange sie bei mir ist, ist alles halb so schlimm.»

Am 27. Dezember reiste Carol nach New York zurück und erfuhr von Ellen, daß sie jetzt überhaupt nicht mehr wisse, woran sie sei. Das Ensemble hatte bis um drei Uhr morgens geprobt, und dann hatte sich die Direktion in geheimnisvolles Schweigen gehüllt.

«Die nächste Probe ist erst nach Neujahr», sagte Ellen bitter. «Aber ich wage nicht, nach Hause zu fahren, weil sich schreckliche Dinge vorzubereiten scheinen. Ich hoffe nur, daß sie nicht die ganze Geschichte auffliegen lassen.»

«Aber das werden sie doch nicht tun», sagte Carol beschwichtigend. Das Ensemble wurde nicht aufgelöst. Trotzdem war Ellen verzweifelt. «Sie schreiben das Ganze noch einmal neu», jammerte sie. «Es ist ein grauenhaftes Durcheinander.»

An einem Montag in der ersten Januarhälfte kam Carol müde und durchfroren heim und noch besorgter um ihre Finanzen als zuvor. «Eigentlich», sagte sie zu sich selbst, «ist es schon zu spät, sich Geldsorgen zu machen, denn in zwei Wochen habe ich sowieso keins mehr.»

Sie schleppte sich die Treppe hinauf und hoffte, daß Ellen daheim sein würde, schwatzend und vergnügt, mit dem Nachtessen auf dem Tisch und einer Kanne Tee.

Statt dessen fand sie Ellen zusammengeknäuelt auf ihrem Bett, niedergeschmettert und verheult. Carol glaubte, ihren Kummer zu kennen.

«Ellen, Herzblatt», rief sie, «mach dir doch keine Sorgen wegen dieses dummen Stückes. Du hast es doch sowieso nie gemocht.»

Ellen begann zu schluchzen. «Das ist es ja gar nicht. Es wird ja gespielt. Und die Premiere ist sogar schon in den allernächsten Tagen. Aber nicht hier in New York, Carol. Morgen fahren wir nach Minneapolis.»

«Aber du hast doch gewußt, daß es zuerst auswärts ausprobiert werden soll. Das klingt doch eigentlich ganz lustig.»

Ellen schluchzte weiter. «Es ist nicht nur zum Ausprobieren, es ist eine richtige Tournee. Sie glauben, daß das Stück für New York noch nicht gut genug ist. Vielleicht erst in der nächsten Saison. Und sie denken, auf einer Tournee werde die Evion Routine bekommen. Daß womöglich doch noch eine Schauspielerin aus ihr wird.»

«Aber Ellen», sagte Carol hilflos, «man hat dir doch nicht gekündigt? Sie nehmen dich doch mit?»

«Ja», jammerte Ellen, «nach Minneapolis. Und ich will nicht nach Minneapolis. Ich will hierbleiben.»

«Aber du wirst's lustig haben. Und du wirst Leute kennenlernen, und –»

«Ich will nicht weg. Ich kündige – heute noch. Es wird monatelang dauern. Und dieses gräßliche Frauenzimmer und alles Drum und Dran. Carol, ich kann nicht.»

Carols weicher Mund wurde hart, und ihre Augen blitzten.

«Ellen», sagte sie, «du willst doch eine Schauspielerin sein!» Es war keine Frage, sondern eine Feststellung.

«J–Ja», stammelte Ellen. «Aber muß ich denn meine Karriere in irgendeinem Provinznest anfangen? Muß das sein?»

«Du mußt dort anfangen, wo es Leute gibt, die ins Theater gehen. Es kommt weder auf deine Gefühle an noch darauf, wo du leben möchtest. Wenn du eine echte Schauspielerin werden willst, dann mußt du alles tun und überall hingehen.»

«Wirklich?» Ellen blickte Carol an und mußte plötzlich über das ernste Gesicht ihrer Freundin lachen. «Wahrscheinlich hast du recht. Und wenn es auch eine ganz fremde Stadt ist. Und diese widerliche Person in der Hauptrolle.»

«Möchtest du mit mir tauschen?»

«Nein. Eigentlich möchte ich mit niemandem tauschen.» Ellen setzte sich auf, wischte sich die Augen und strich sich das Haar aus dem Gesicht. «Meinetwegen», sagte sie, «dann werde ich also dieses Tablett in sämtlichen Marktflecken dieses Landes auf den Boden knallen und in Timbuktu dazu. Es geht mir schon wieder ordentlich, Carol. Ich habe nur im Moment die Nerven verloren.»

«Und wenn du wieder schwach werden solltest, denk an uns arme Arbeitslosen.»

Ihr ganzer Elan war verrauscht. Sie war jetzt noch müder als zuvor. Aber wenigstens war Ellen wieder vernünftig.

«Komm, jetzt erzählen wir's den andern», rief Ellen. «Wir wollen es Mitzi berichten, und wir rufen Mike und Colin an. Und dann gehen wir zur Feier des Tages zusammen essen. Mit dem Geld, das ich bei den Proben verdient habe, lade ich euch alle ein.»

Als die ganze Gesellschaft beisammen war, wurde Ellen
jedoch von den andern bewirtet. Colin und Mike bestanden darauf, den Kaffee und die Sandwiches zu be-
zahlen, wobei Mike die Bemerkung fallenließ, daß er
sein eigenes Geld ausgeben könne, wie er wolle. Und
mit einem raschen Seitenblick zu Carol deutete Colin
an, daß er über eine geheime Einnahmequelle verfüge.
«Ich schmuggle nämlich Diamanten», erklärte er trok-
ken.
Es war wie in alten Zeiten. Mike knurrte und brummte
wie immer. Natürlich sprach man nur vom Theater, und
alle waren sich einig, daß Ellen der glücklichste Mensch
der Erde sei.
«Wann fährst du, Gregg?» fragte Mike, als er sich vor
Mrs. Garretts Haustür verabschiedete.
«Um elf Uhr.»
«Dann komme ich ein bißchen früher zu euch, um deine
Koffer zu tragen und dafür zu sorgen, daß du nichts vergißt. Du bist zwar nicht ganz so schlimm wie die Page –
aber wahrscheinlich läßt du doch deine Zahnbürste liegen.»
Mike kam eine halbe Stunde vor Abfahrt des Zugs. Und
er brachte sie mit einem altersschwachen Taxi zur Bahn,
dessen Chauffeur Pete hieß und mit Mike in die Schule
gegangen war. Für Mikes Freunde tue er alles, sagte er,
und er gab sich alle Mühe, es zu beweisen. Unter Höl-
lengetöse rumpelte er mit ihnen zur Grand Central Sta-
tion, wo er eigenhändig Ellens Koffer auf den Bahnsteig
trug. Zusammen mit Mike entdeckte er auch Ellens Kollegen und verstaute das Gepäck im Abteil. Dann
drückte er Ellen ein Pack Zeitungen in die Hand, zusammen mit einer Bonbonnière. Und als es dann ans
Abschiednehmen ging und Ellen – blond, blauäugig und
rundlich – elegisch auf ihrem Eckplatz saß, war es wie-

der Pete, der die Situation rettete. Schnell beugte er sich über sie und gab ihr einen Kuß auf die Stirn. «Hals- und Beinbruch», sagte er.

Dann scheuchte er Carol und Mike aus dem Wagen. Auf dem Bahnsteig erklärte er, sich jetzt wieder ans Geldverdienen machen zu müssen, und verschwand. Carol und Mike blieben noch auf dem Perron bis zur Abfahrt des Zuges.

Carol hätte viel dafür gegeben, wenn Pete geblieben wäre. Nicht nur Ellen, auch sie brauchte dringend Trost. Ihre Freundin fuhr weg, und sie selber hatte kaum noch Geld. Mit Schrecken dachte sie an die nächste Zukunft. Sollte sie heimfahren und um einen Zuschuß bitten? Oder gar daheim bleiben und aufs College gehen? Es war verlockend, sich einmal wieder gesichert zu fühlen.

«Was ist los mit dir, Page?» fragte Mike plötzlich. «Du siehst wie ein geschminkter Leichnam aus.»

«Genau so fühle ich mich auch.»

«Wahrscheinlich Hunger», konstatierte Mike. «Das sieht dir ähnlich, zu verhungern, ohne daß du's merkst. Komm, wir gehen mittagessen.»

Unterwegs musterte Carol die breitschultrige Gestalt neben ihr. Mikes Profil entsprach seinem Charakter: knochig, hart, doch zuverlässig. Es würde eine unbeschreibliche Wohltat sein, ihm alles zu erzählen. Doch Mike hatte kein Verständnis für Schwäche. Und er hatte oft genug seiner Meinung über Jammerlappen Ausdruck gegeben. Carol schwieg. Erstaunlicherweise war es Mike, der die Sache zur Sprache brachte. In dem billigen, verrauchten kleinen Restaurant blickte er Carol über den Tisch hinweg an und fragte: «Willst du mir nicht sagen, was dich bedrückt?»

«Wieso?» antwortete Carol erstaunt. «Natürlich werde

ich Ellen schrecklich vermissen, und der Abschied von ihr fiel mir schwer.»

«Komm, lüg doch nicht, Page. Ich weiß, daß da sonst noch etwas ist.»

«Na schön. Wenn du's wirklich wissen willst – ich bin pleite.»

Mikes Stimme wurde rauh. «Du machst mich wütend, Page. Pleite! Du weißt genau, daß du nur deinem Vater zu schreiben brauchst, dann schickt er dir Geld, und alles ist gut. Nimm nicht solche Wörter in den Mund, wenn du nicht weißt, was sie bedeuten.»

Carol kannte Mike viel zu gut, um verärgert oder gar gekränkt zu sein. «Nein», sagte sie einfach, «da irrst du dich. Ich nehme kein Geld von meinem Vater, und ich bin wirklich pleite. Wenn ich die Wochenmiete gezahlt habe, besitze ich noch genau 8 Dollar, 64 Cents und zwei 3-Cents-Briefmarken.»

«Ich dachte, ihr Mädchen bekämt einen Zuschuß von daheim. Warum rückt dein Vater nicht damit heraus?»

Carol zuckte die Achseln. «Weißt du, ich fand es unrecht, von Vater Geld anzunehmen, solange ich etwas tue, was ihm mißfällt. Um ehrlich zu sein: Ich habe mir geschworen, nichts von ihm anzunehmen.» Mike schaute sie nachdenklich an. «Bei den meisten Mädchen würde ich sagen, das sind Flausen. Aber bei dir sage ich nichts.»

«Es sind auch keine, das schwöre ich dir.»

«Und was wirst du tun?»

«Das weiß ich nicht. Wenn ich ein bißchen Verstand besäße, hätte ich während der Weihnachtszeit irgendeine Stelle angenommen. Dann hätte ich wenigstens eine Kleinigkeit verdient. Aber jetzt ist's zu spät.»

«Ich könnte dir eine Stelle verschaffen», sagte Mike plötzlich.

Carol starrte ihn ungläubig an.

«Wirklich. Ich habe einen Bekannten, der bei Lee Brothers arbeitet – du weißt, daß sie acht Theater besitzen. Es fehlt ihnen immer an Platzanweisern, und sie suchen ständig Mädchen unter achtzig. Es ist eine gute Stelle, aber wahrscheinlich nicht die Sorte Arbeit, die du suchst.»

«Mike, ich würde jede Arbeit annehmen. Ich würde alles tun, um nur ja beim Theater bleiben zu können.» Unbewußt wiederholte sie die Worte, die sie zu Ellen gesagt hatte.

Lange Zeit schwiegen sie beide. Dann sagte Mike nachdenklich: «In dir steckt also doch etwas.»

Er grinste. Es war ein breites Grinsen, das seinem Gesicht einen unvermuteten Charme verlieh. «Es würde mich nicht wundern, wenn doch noch einmal eine Schauspielerin aus dir würde.»

# 11

Die Erste Platzanweiserin war eine rundliche, nicht mehr ganz junge Frau, die zuerst wenig umgänglich schien. Erstaunlicherweise brachte sie aber dann sehr viel Verständnis für Carols Schwierigkeiten auf. Carol konnte sich nämlich absolut nicht merken, welche Plätze rechts, und welche links vom Mittelgang lagen. «Nur keine Aufregung», sagte die ältere Kollegin mütterlich. «Denken Sie daran: alles unter 101 ist rechts, und alles darüber ist links. Und die ganz niederen Nummern sind die Seitenplätze.»

«Ich will's versuchen, Mrs. Tecum», sagte Carol dankbar. Sie trug ein einfaches schwarzes Kleid mit einem frischen weißen Kragen, und Mrs. Tecum musterte sie wohlgefällig.

«Sie sehen wirklich nett aus», sagte sie. «Ich würde mich nicht wundern, wenn Mr. Nußmann Sie, sobald Sie erst ein bißchen Erfahrung haben, von der Empore in den ersten Rang versetzen würde. Vielleicht kommen Sie sogar einmal ins Parkett.» Sie sagte das mit solcher Überzeugung, daß Carol die Aussicht, einmal im Parkett des New-Haymarket-Theaters Plätze anzuweisen, als erstrebenswertes Ziel erschien. Doch als die mollige Mrs. Tecum sie dann sich selber überließ, bekam sie doch so etwas Ähnliches wie Lampenfieber.

Das erste Paar, das sich auf der Empore einfand, war jung, vergnügt und von der Aussicht auf einen Theaterabend begeistert.

Carol sagte: «Links, bitte» und lächelte. Wer weiß, vielleicht bekam sie sogar noch Freude an dem Beruf.

Und es machte tatsächlich Spaß. Leute, die auf der Empore sitzen, kommen nicht ins Theater, um ihre Kleider zu zeigen. Sie kommen, weil sie das Theater lieben. Carol machte nur einmal einen Fehler, als sie zwei Burschen, die zusammen gekommen waren, auf die falsche Seite wies. Als die beiden zurückkamen, betrachteten sie Carol mitleidig.

«Tz, tz, tz», sagte der eine, «die Arme kann nicht rechts und links unterscheiden.»

«Ein trauriger Fall», stimmte der andere ihm bei. Sie waren weder beleidigend noch zudringlich – einfach freundlich. Und Carol lächelte ihnen kameradschaftlich zu.

Es gab wenig zu spät Kommende auf der Empore, und Carol konnte sich ganz dem Stück widmen. Es war einer der Kassenschlager der Saison, und obgleich sie vom Stehen ein wenig müde wurde, verfolgte sie das Stück fast mit mehr Interesse, als wenn sie ihren Platz bezahlt hätte. Platzanweisen, überlegte sie, war eine angenehme Art, sein Geld zu verdienen.

Mike war erstaunt über ihre Begeisterung. Er holte sie nach der Vorstellung ab und – um ja nicht höflich zu erscheinen – fragte sie grob, ob es ihr gefalle, zu schuften wie die armen Leute.

«Ich finde es herrlich», sagte Carol und erzählte ihm von Mrs. Tecum und den Besuchern und dem Stück. «Es wird wahrscheinlich eine Weile dauern, bis ich eine so gute Platzanweiserin bin, daß ich im Parkett arbeiten kann», schloß sie. «Aber wetten, daß ich's so weit bringe?»

Mike betrachtete sie mit respektvollem Staunen. «Tun dir die Füße denn nicht weh?»

«Doch – ich glaube schon», erwiderte Carol, die es jetzt plötzlich spürte. «Aber diese flachen Sandalen sind bequem.»

Doch trotz den bequemen Sandalen schmerzten sie die Füße am zweiten Abend sehr, und als es dann auch noch eine Nachmittagsvorstellung gab, fragte sie sich, ob sie wohl Plattfüße bekäme.

«Zuerst wird's noch schlimmer, bevor's besser wird», erklärte ihr eines der andern Mädchen. «Ich bin jetzt acht Monate hier, und ich kann dir sagen, meine Füße fühlen sich die ganze Zeit wie heiße Kartoffeln an. Ob ich Dienst habe oder nicht.»

«Kann man denn nichts dagegen tun?»

«Einfach an etwas anderes denken.»

Carol versuchte, an etwas anderes zu denken – allerdings ohne großen Erfolg.

Sie hatte ihrer Familie nicht geschrieben, daß sie Platzanweiserin war. Es hätte ihren Vater nur noch in seiner Meinung bestärkt, daß sie sich auf dem falschen Weg befinde und am besten sofort nach Hause käme. Inzwischen reichte ihr Gehalt für die Miete und, bei einiger Sparsamkeit, sogar auch für das Essen. Eigentlich hatte sie während Ellens Abwesenheit ein kleineres Zimmer nehmen wollen. Doch Ellen hatte darauf bestanden, ihren Anteil weiter zu zahlen. «Man kann ja nie wissen, wann die Tournee zusammenbricht», hatte sie gesagt. «Und ich möchte meine Sachen irgendwo lassen. Und ich will auch wissen, wo ich mein müdes Haupt betten kann, wenn ich wieder da bin.»

So blieb Carol also in ihrem Zimmer, obgleich es ihr nun leer und viel zu groß vorkam. Und der Winter schien grauer und kälter denn je. Aber sie hatte viel zuviel zu tun, um in Depressionen zu verfallen, denn außer den sechs Abenden und zwei Nachmittagen wöchentlich, an denen sie Plätze anwies, machte sie noch immer die tägliche Runde bei den Produzenten.
Es war nach einer Nachmittagsvorstellung, als Carol plötzlich Billy Beaseley vor sich sah, der gerade den Untergrundbahn-Ausgang verließ. Sie lief ihm nach. Er wohnte noch immer bei Mrs. Garrett, obgleich er, wie Carol vermutete, jetzt eine Menge Geld verdienen mußte.
«Hallo», rief Carol, «ist das aber nett. Wie geht es, Billy? Ich habe Sie schon eine Ewigkeit nicht mehr gesehen.»
«Ach, es geht mir ordentlich», sagte Billy so bedrückt, daß Carol erschrak. «Was ist denn los?» fragte sie. «Ich meine – Sie sind doch immer noch in der ‹Blauen Lagune›, nicht wahr?»
«Ja, natürlich. Wir haben eine neue Nummer, und sie gefällt dem Publikum noch besser als die erste. Diese Miß Duncan ist eine gescheite Person.»

«Ja, das ist sie. Ich glaube, daß sie eine große Zukunft hat.»

«Das könnte schon sein», erwiderte Billy düster. Dann, etwas fröhlicher, fügte er hinzu: «Wissen Sie eigentlich, daß sie ein Theaterstück geschrieben hat? Ein verdammt gutes.»

«Nein, das wußte ich nicht. Ich habe weder Mike noch Rosamond in letzter Zeit gesehen. Ist es schon angenommen?»

«Sie schickt es überall herum. Aber Sie wissen ja, wie's mit so was geht. Meiner Meinung nach ist es viel zu gut, als daß diese blöden Kerle es verstehen könnten.»

Carol antwortete zerstreut. Sie fragte sich, was Billy fehlen mochte und ob es zudringlich sei, sich danach zu erkundigen. Schließlich sagte sie: «Aber Ihnen und Herbert geht es doch gut?»

«Ja. Vermutlich.» Schweigend starrte er einen Augenblick auf seine Füße. Dann sagte er plötzlich: «Das Schlimme ist – daß ich Nachtklubs nicht ausstehen kann. Ich mag weder den Anblick noch den Geruch. Und die Leute, die hinkommen, die mag ich schon gar nicht. Und Herbert geht's genau so wie mir.»

«Aber Billy», sagte Carol enttäuscht.

«Ja, ich weiß, das klingt seltsam von jemandem, der einen Haufen Geld dort verdient. Wahrscheinlich sollten Herbert und ich dankbar sein. Aber meine ganze Liebe gehört eben dem Zirkus und den Kindern. Und Nachtklubs hasse ich. Ich komme mir dort wie gefangen vor und habe das Gefühl, ich käme nie mehr heraus.»

«Ach du meine Güte», stöhnte Carol.

Also sogar auch Billy, der erfolgreiche Billy, hatte nicht das, was er sich wünschte.

Na, wenn alle Stricke reißen, dachte sie, als sie abends in ihren schwarzen Arbeitsdreß schlüpfte, bleibt mir immer noch dieser Beruf.

Doch sogar dieser Beruf war an diesem Tag schwierig. Es war Sonnabend, und die Empore war dicht besetzt. Einige Leute beschwerten sich, es säßen schon andere auf ihren Plätzen. Und während Carol versuchte, das Durcheinander zu entwirren, kamen neue Besucher herauf und tappten suchend umher. Carol war noch müde von der Nachmittagsvorstellung, und als ihr jemand ein Billett vorwies, sagte sie, ohne aufzublicken: «Zweite Reihe rechts, bitte.»

«Aber – Carol.»

Carol erstarrte vor Schreck. Es war Miß Waters, ihre Englischlehrerin. Natürlich mußte es Miß Water sein, die ihr damals großen Erfolg auf der Bühne prophezeit hatte. Eine schöne Prophetin!

«Guten Abend, Miß Waters. Wie – geht – es Ihnen?»

Miß Waters drückte ihr die Hand. «Mir geht es gut, Kind. Doch ich wußte nicht – ich hoffe sehr – daß das nur eine Übergangslösung ist.»

Carol versuchte, ihre Worte fröhlich klingen zu lassen. «Oh, ja. Nur eine Übergangslösung. Ich habe – nichts davon nach Hause geschrieben.»

Miß Waters lächelte freundlich und verständnisvoll. «Natürlich nicht!» Sie hielt inne. «Du bist ein tapferer Kerl, Carol.»

Carol stammelte eine Antwort und führte Miß Waters zu ihrem Platz.

Sie hatte genug von allem. Das Theaterstück zog sich endlos hin. Sie kannte schon jedes Wort, jede Bewegung beinahe auswendig. Es war ihr unverständlich, weshalb das Publikum überhaupt lachte.

«Idioten», murmelte sie wütend.

Während der Pause kam Miß Waters noch einmal zu ihr, und Carol berichtete ihr kurz von ihren Bemühungen. Auch das verärgerte sie. Sie hatte keine Lust zu reden, und Miß Waters' freundliche Ermutigungen gingen ihr auf die Nerven.

Schließlich war das Stück zu Ende. Carol zog ihren Mantel an und ging mit den andern Mädchen in die neblige, feuchte Februarnacht hinaus. Sie hatte Hunger. Aber da sie neue Strümpfe brauchte, konnte sie sich keine Extramahlzeit gestatten. Nach einer langen Fahrt mit der Untergrundbahn stieg sie mit schmerzenden Beinen und brennenden Füßen wieder zu der naßkalten Straße hinauf und schleppte sich zu Mrs. Garretts Haus. Zuerst werde ich einmal ein ausgiebiges Bad nehmen, dachte sie, und mir dann vielleicht eine Bouillon machen. Und dann kann ich vierundzwanzig Stunden durchschlafen und brauche nicht aufzustehen, wenn ich keine Lust dazu habe. Und ich glaube, ich habe keine Lust. Mir ist alles so egal.

Sie war schon auf der Treppe, als sie Mrs. Garrett rufen hörte.

«Sind Sie's, Carol? Mitzi versucht schon seit einer Stunde, Sie zu erreichen. Sie sagt, es sei dringend. Sie sagt, Sie sollen Bryant 9009 anrufen.» Sie wurde von der Telephonglocke unterbrochen.

«Das ist sie sicher wieder. Nehmen Sie's doch gerade selber ab.»

Carol stöhnte. Warum sollte sie ans Telephon. Warum konnte sie nicht sofort ins Bett? Widerstrebend ging sie schließlich doch hinunter und nahm den Hörer ab.

«Hallo?»

«Carol? Gott sei Dank! Komm sofort herüber ins Valencia-Theater. So schnell wie möglich. Frag nach Mr. Jacobsen. Mach rasch. Ich hab' ein Engagement für dich.»

# 12

Das Valencia-Theater wirkte in der feuchten Februarnacht keineswegs einladend. Die Fassade sah herunter-
gekommen aus, und in der Eingangshalle brannte eine
einzige trübe Lampe.

Carol verspürte ein unheimliches Gefühl und war erleichtert, als sie einen Mann auftauchen sah. Es war ein
netter, unauffälliger Mann in Hemdsärmeln und mit
einem Filzhut auf dem Kopf.

«Ich suche Mr. Jacobsen», sagte Carol. «Ich bin eine
Freundin von Miß Malloy.»

Der Mann wies mit dem Daumen über die Schulter. «Sie
sind wieder einmal ganz verrückt da drin. Wie gewöhnlich.»

Carol ging in den stockdunklen Zuschauerraum. Die
Bühne war grell beleuchtet. Eine Anzahl Männer standen, saßen oder liefen oben herum und schrien alle
durcheinander.

Einer schrie noch lauter als die andern.

«Es ist mir ganz egal, wie spät es ist», brüllte er. «Es
muß doch irgendwo in New York ein weibliches Wesen
geben, das auf der Bühne stehen und vier Zeilen lesen
kann, ohne daß sie zu groß oder zu klein ist oder unserer Putzfrau mißfällt oder was sonst an der letzten aus-
zusetzen war.»

«Komm, Larry», sagte ein anderer beruhigend, «wir
können dich ja verstehen. Aber ich vertrete Miß Fancher, und wenn die Sekretärin kleiner ist als sie, ruiniert
ihr das den ganzen Auftritt. Und du hast doch selbst gesagt, die Rothaarige sei ein Trampel. Wir schaffen dir
ein Mädchen her, so rasch es geht.»

Erschrocken war Carol im Mittelgang stehengeblieben.
Sie konnte doch keinen dieser aufgeregten Männer nach

Mr. Jacobsen fragen. Dann sah sie Mitzi, die ihr aus den Kulissen winkte. Carol tastete sich durch den dunklen Zuschauerraum, bis sie die Tür zur Hinterbühne fand. Dort wartete Mitzi.

«Das ist Laurence Hendricks, der Produzent», flüsterte sie. «Er führt sich immer so auf. Zuerst lehnt er jeden ab, der ihm eine Rolle vorliest, und dann, wenn es spät wird, engagiert er den Nächstbesten, der ihm vor die Augen kommt.»

«Aber er kennt mich doch gar nicht», sagte Carol schwach.

«Ich habe George Jacobsen von dir erzählt. Und er wird es Hendricks sagen. George ist mein Agent. Wir haben zusammen gegessen, und er hat mir erklärt, Hendricks sei heute den ganzen Tag so unausstehlich gewesen, daß er bestimmt heute nacht noch jemand engagieren würde.»

«Und was ist mit dir?»

«Pech – ich komme nicht in Frage.» Sie warf einen Blick über die Schulter und fügte schnell hinzu. «Psst. Hier kommt George.»

George war ein netter kleiner Mann, der eine graue Melone und Gamaschen trug. Er musterte Carol kritisch und nickte dann.

«Sie ist der richtige Typ. Tatsächlich. Aber in seiner jetzigen Laune würde Hendricks auch ein Gorillaweibchen engagieren, wenn es nur größer als die Fancher wäre.»

«Und sie kann sogar etwas», sagte Mitzi freundschaftlich.

«Das möchte ich aber auch hoffen.» Und dann zu Carol: «Ich empfehle eigentlich nie eine Schauspielerin, die ich noch nicht auf der Bühne gesehen habe. Aber Mitzi sagte, Sie seien der richtige Typ, und so will ich es einmal wagen.»

106

«Vielen, vielen Dank.»

«Wir brauchen uns jetzt nicht über die Einzelheiten zu unterhalten», fuhr George fort. «Sollten Sie die Rolle bekommen, so zahlen Sie mir zehn Wochen lang fünf Prozent von Ihrer Gage – falls das Stück so lange läuft. Haben Sie das verstanden?»

«Oh, ja. Ich –»

«Schon gut», unterbrach George sie. «Kommen Sie jetzt mit zu Hendricks. Und haben Sie keine Angst.»

Mitzi flüsterte noch schnell «Toi, toi, toi», und Carol folgte der grauen Melone. Sie hatte keine Angst. Es war alles viel zu schnell gegangen. Ihr einziger Gedanke war, daß sie jetzt wenigstens einen Agenten hatte, und das würde, auch wenn sie vielleicht die Rolle nicht bekam, alles ein wenig erleichtern.

Mr. Hendricks war ein großer, schwerer Mann mit kurzgeschnittenen blonden Haaren und einem blonden Schnurrbart.

George gelang es, Mr. Hendricks zu unterbrechen.

«Schon gut, schon gut», knurrte der Produzent. «Ich sehe selber, daß sie größer als die Fancher ist. Hier, Miß, lesen Sie sich das rasch einmal durch, und sprechen Sie's mir dann vor.»

Carol überflog die angekreuzte Stelle. Es war die Rolle einer Büroangestellten in einem außerordentlich lebhaften Betrieb, und ihre wenigen Zeilen schienen dazu bestimmt, einen komischen Ton in die Szene zu bringen.

Sie blickte auf, und Hendricks nickte. «Ich werde Ihnen die Stichworte geben», sagte er.

Carol las die Zeilen.

«O. k.», erklärte Hendricks, «das genügt. Auch nicht schlechter als die andern. Hier, geben Sie Marty Ihren Namen und Ihre Adresse. Er wird Ihnen sagen, wann Sie den Vertrag unterzeichnen können.»

«Heißt das – daß – ich –», stammelte Carol verwirrt.

«Das heißt, daß Sie die Lucille spielen werden, falls Sie sich in der ersten Probewoche nicht rapid verschlechtern. George und Marty sollen untereinander Ihre Gage aushandeln. Ich gehe jetzt heim ins Bett.»

## 13

Als Carol am nächsten Morgen erwachte, dachte sie zuerst nur daran, daß heute Sonntag war, und sie ausschlafen konnte.

Plötzlich machten ihre Gedanken einen Sprung. War die letzte Nacht Wirklichkeit, oder hatte sie nur geträumt? Aber das konnte sie doch nicht geträumt haben. Sie hatte ein Engagement. Sie würde am Broadway auftreten. Wo war Mitzi? Wo waren sie alle?

Carol stürmte ins Badezimmer. In ihrer Aufregung hatte sie ganz vergessen, daß das Schloß kaputt war und sie hätte klopfen müssen.

«Oh, entschuldigen Sie!»

«Das ist aber doch wirklich die Höhe!» schalt eine empörte Stimme. Miß Iverson, in Lockenwickeln, mit einem künstlichen Gebiß in der Hand, blickte ihr wütend entgegen.

«Es tut mir schrecklich leid», stammelte Carol und wollte sich zurückziehen. Aber dann konnte sie's doch nicht unterdrücken und rief: «Miß Iverson, ich habe eine Rolle in dem Stück von der Fancher.»

Miß Iverson zeigte sich der Lage gewachsen. Mit einer gekonnten Bewegung verstaute sie die Zähne an ihrem angestammten Platz. Dann sagte sie mit echter Anteilnahme: «Mein liebes Kind, das freut mich. Das ist der Anfang – der strahlende Anfang.»

«Wie lieb von Ihnen, Miß Iverson», rief Carol und war schon wieder unterwegs zu ihrem Zimmer. Hoffentlich würde das Badezimmer bald frei. Es drängte sie, der ganzen Welt von ihrem Glück zu berichten.

Doch erst als sie Mike anrief und seine Antwort hörte, wurde sie sich der Wirklichkeit ganz bewußt.

«Das ist fein, Page», sagte er herzlich. «Das nenne ich eine Chance. Wenn die Fancher spielt, läuft das Stück lang. Sie ist sehr beliebt.»

Es war also tatsächlich wahr. Sie hatte es trotz allem geschafft. Carol konnte sich später nie mehr erinnern, was sie mit dem Rest des Tages angefangen hatte. Jedenfalls hatte sie nach Hause geschrieben und an Ellen. Ja, anscheinend sogar an Miß Waters, denn am Ende der Woche erhielt sie eine Antwort von ihr.

Inzwischen verabredete sie sich mit Marty auf den nächsten Tag. Marty war der Assistent von Mr. Hendricks, und sein Büro war ihr nur zu gut bekannt. Jetzt war alles ganz anders. Am Montagmorgen begrüßte Carol die Sekretärin mit Selbstvertrauen und sagte: «Ich bin mit Mr. Marty verabredet.» Die Sekretärin sah ihre Liste durch und nickte.

«Er erwartet Sie, Miß Page. Mr. Jacobsen ist bereits hier. Wollen Sie bitte hineingehen.»

Carol kam sich vor wie im Traum, und wie im Traum trat sie in Mr. Martys Allerheiligstes. George und Marty sahen beide ganz friedlich aus. Das Aushandeln der Gage mußte also gut abgelaufen sein. Carols Kontrakt zählte ja nicht zu den wichtigen. Sie begrüßten sie freundlich.

«Sie haben Glück», erklärte Jacobsen, «ich habe eine Wochengage von 80 Dollar für Sie herausgeschlagen und eine Garantie, daß sie sie mindestens zwei Wochen lang bekommen. Wollen Sie bitte hier unterzeichnen?»

Carol unterschrieb.

«Die Proben beginnen am Donnerstag um halb elf im Hotel Parnaß», sagte Marty. «Vielen Dank, Carol. Auf bald.»

Carol war dankbar für die zwei Ruhetage. Sie hatte noch verschiedenes zu erledigen. Vor allen Dingen mußte sie ihre Stelle als Platzanweiserin kündigen. Sie fürchtete, daß Mrs. Tecum verärgert sein würde. Doch im Gegenteil, sie war begeistert.

«Sie haben wirklich gute Arbeit hier geleistet», sagte sie. «Und ich bin immer stolz, wenn eines meiner Mädchen eine Chance bekommt. Hoffentlich sehen wir uns gelegentlich wieder.»

«Darüber wollte ich gerade mit Ihnen sprechen», erwiderte Carol.

«Falls das Stück durchfallen sollte, glauben Sie, daß ich wieder herkommen kann?» Der Winter hatte sie vorsichtig gemacht.

Mrs. Tecum war erfreut. «Das nenne ich eine vernünftige Einstellung. Ich stelle Sie jederzeit wieder ein. Und wenn bei uns keine Stelle frei ist, kann ich Ihnen bestimmt anderswo eine verschaffen. Sie haben Ihre Sache wirklich gut gemacht.»

«Das ist furchtbar nett von Ihnen», sagte Carol, froh, daß sie doch in einem gewissen Sinn erfolgreich gewesen war.

Als nächstes mußte sie sich um ihre Garderobe kümmern. Und als sie sich am Donnerstagmorgen anzog, war sie mit dem Resultat zufrieden.

«Ich sehe aus wie eine Schauspielerin mit einem Engagement», sagte sie sich. Es war nicht nur der sorgfältig aufgedämpfte Tweedrock mit dem hellblauen Pullover. Ihr ganzes Gesicht hatte sich verändert. Sie hatte wieder Farben in den Wangen, und das Haar hing ihr glänzend über die Schultern. Sie betrat das Hotel Parnaß, als sei sie die Besitzerin.

Sie hatte sich gewundert, daß die Proben in einem Hotel stattfanden und nicht im Theater. Aber sie merkte bald, daß sich ein Hotelzimmer ebensogut dafür eignete wie jeder andere Platz. Sie und die übrigen Mitglieder des Ensembles wurden einander ziemlich flüchtig von Mr. Hendricks vorgestellt.

«Vor ein paar Jahren noch», dachte Carol, «wäre ich im siebten Himmel gewesen.» Leonie Fancher war keine Weltberühmtheit. Aber sie hatte einen guten Namen. Carol hatte sie schon öfter im Theater und auch im Film gesehen. Sie war eine hübsche, pikante Blondine und strahlte bereits um elf Uhr morgens einen heiteren, glitzernden Charme aus.

Sie musterte Carol mit Wohlgefallen.

«Ich freue mich, daß Sie mit uns spielen, liebes Kind», sagte Leonie, und Carol gestand, wie glücklich sie sei, dabeisein zu können.

«Und nun», sagte Leonie und wandte sich huldreich einem rundlichen kleinen Mann zu, der hinter Laurence Hendricks saß, «lassen Sie uns doch bitte Ihr reizendes Stück hören.»

Der kleine Mann sah verlegen aus. «Ich lese nicht sehr gut vor», sagte er. «Wahrscheinlich macht Larry das viel besser als ich.»

Larry war einverstanden.

«‹Eine Himmelsgabe› von Percy Scott», begann er. «Akt eins, Szene eins. Arthur Shepherds Büro in der Wall Street.»

Das Stück handelte von den Problemen, die ein erfolgreicher Geschäftsmann mit seiner schwierigen Familie hatte. Diese Probleme wurden gründlich, wenn auch höchst unkonventionell, durch seine schöne Sekretärin gelöst. Als Hendricks weiterlas, verstand Carol, warum Leonie die Sekretärin spielen wollte. Einen edleren Charakter hatte es noch in keinem Stück gegeben, und praktisch stand sie ununterbrochen auf der Bühne.

Carol hatte nur einen Auftritt im ersten Akt. Aber sie hatte fünf Zeilen zu sprechen und würde fünfzehn Minuten im Rampenlicht sein. Sie war ebenso befriedigt von der «Himmelsgabe» wie Leonie Fancher.

Nach der Lesung verteilte Mr. Hendricks die Manuskriptblätter. «Wir wollen es rasch einmal durchsprechen», sagte er. «Hier habe ich eine Skizze vom Bühnenbild, so daß Sie sich eine Idee machen können.» Er stellte eine Detailskizze des Büros auf den Tisch.

«O. k., Jerry», sagte er dann zu dem Hauptdarsteller, «fang an.»

Jerry begann in der eintönigen, unakzentuierten Art, die die bewährte Technik für die erste Probe war. Ihre eigenen Zeilen las Carol mit einer etwas wackeligen Stimme. Danach lehnte sie sich entspannter in ihren Stuhl zurück, um den Rest des Ensembles genauer zu betrachten.

Leonie Fancher würde voraussichtlich ganz Charme und Lächeln sein, solange man sie gewähren ließ, und eine Furie, wenn ihr irgend jemand zu widersprechen wagte. Gerald Janies, der Protagonist, sah nett, wenn auch ein bißchen farblos aus. Das Gesicht eines der jungen Männer war ihr bei der Vorstellung bekannt vorgekommen, und jetzt erinnerte sie sich. Es war Johnny, der in Mr. Sweetsers Büro neben ihr gesessen und später die Sekretärin angefleht hatte, doch an ihn zu denken. Er hatte einen Laufburschen zu spielen.

Die übrigen sahen nach Carols Meinung nicht anders aus als alle Schauspieler, die man in den Produzentenbüros traf. Merkwürdig, daß gerade diese Gruppe hier ein

Engagement bekommen hatte.

Wahrscheinlich haben sie genauso Glück gehabt wie ich, überlegte sie. Ohne Glück geht es nicht, und wenn man noch so viel Talent hat.

Inzwischen lief die Probe weiter. Mr. Hendricks kümmerte sich nicht darum, wie die Rollen gelesen wurden. Seine einzige Aufmerksamkeit galt den Regie-Anweisungen. «Einen Augenblick», unterbrach er zum Beispiel, «hier heißt es: Kommt von rechts und geht am Tisch vorbei. Nun ist hier die Tür –» er wies auf die Skizze –, «und der Tisch steht fast in der Mitte. Sie müssen das langsamer sprechen.»

Und am Ende der Probe sagte er: «Gut so. Dann also auf morgen um zehn. Und ich möchte Sie bitten, bis zum Ende der Woche Ihre Rollen auswendig zu können. Das gilt auch für dich, Leonie. Halt dich gefälligst daran.»

Leonie schmollte, er möge sich erinnern, daß sie achtzig Seiten habe. Eine Bemerkung, bei der sich Carol mit ihrer einen Seite höchst kümmerlich vorkam.

«Ich weiß, mein Schatz», sagte Hendricks ungerührt, «aber wenn es dir zu viel ist, Percy kann bestimmt deine Rolle kürzen.»

Carol verbiß ein Lächeln. Welche Schauspielerin würde nicht jede Zeile ihrer Rolle mit Klauen und Zähnen verteidigen? Und Leonie schien keine Ausnahme zu sein.

Eine Woche lang fanden die Proben noch im Hotelzimmer statt, bevor sie ins Valencıa-Theater verlegt wurden. Gegen das Wochenende wuchs Carols Nervosität. Nach dieser Woche konnte sie nämlich entlassen werden, falls ihre Leistungen den Anforderungen nicht genügten. Sie wartete in ängstlicher Spannung und bereute die Briefe, die sie nach Hause geschrieben hatte. Doch die Woche verging, ohne daß man ihr etwas sagte. Sie atmete wieder auf und erschien mit den andern zusammen im Valencia-Theater.

Es war herrlich, wieder beim Theater zu sein, den Schminke- und Puderduft zu riechen und wartend in den Kulissen zu stehen. Wenigstens zuerst schien es schön – schön wie in alten Zeiten. Doch noch vor dem Abend merkte Carol, daß am Broadway zu spielen nicht wie in alten Zeiten war. Am Stuyvesant hatte das Ensemble zusammengespielt – um des Stückes willen, um gutes Theater zu machen. Im Valencia dachte jeder nur an sich selbst. Und Hendricks' Regieführung war unpersönlich, fast militärisch.

Trotzdem war es ein aufregender Tag, und Carol dankte dem Himmel, als Hendricks «Fertig für heute» sagte.

Müde griff sie nach ihrem Mantel und ging zum Bühnenausgang. Draußen wartete eine dunkle Gestalt auf sie.

«Na, wie gefällt's dir am Broadway?» sagte Mike.

Carol versuchte, ein wenig von ihrer anfänglichen Begeisterung in die Stimme zu legen. «Fein, fein», versicherte sie ihm vergnügt. «Und was tust du hier?»

«Dich fragen, ob du heute abend etwas vorhast. Rosamond Duncan hat uns zum Nachtessen eingeladen.»

«Großartig! Aber sollte ich nicht zuerst heimgehen und mich umziehen? Ich sehe bestimmt gräßlich aus.»

«Rosamond lädt dich nicht ein, um deine Kleider zu bewundern. Übrigens finde ich dich ganz passabel.»

In der Untergrundbahn erzählte ihr Mike kurz von sich selbst. Morgens arbeitete er in einem Konfektionsbetrieb, um sich das Geld für Zimmer und Essen zu verdienen. Und nachmittags machte er die Runde in den Produzentenbüros, wenn er nicht gerade für eine der kleineren Bühnen Kulissen malte. Am Abend hatte er ein Engagement als Regieassistent bei einer Revue.

114

«Und heute ist mein freier Tag», schloß er.

Carol konnte ihr Erstaunen nicht verbergen, und Mike grinste.

«Das ist ein Leben, nicht wahr? Komm schnell. Hier müssen wir aussteigen, und wir wollen uns beeilen. Wenn Ros kocht, möchte sie, daß man pünktlich ist.»

Rosamond war eine ausgezeichnete Köchin. Carol fühlte sich wohl, aber nicht zum Sprechen aufgelegt. Es machte mehr Spaß, Mike und Rosamond zuzuhören, die Erinnerungen an die Gewerkschaftsrevue aufwärmten und alle die komischen Zwischenfälle, die dabei passierten. «Das waren noch Zeiten», sagte Rosamond wehmütig.

«Hör doch auf, Ros», brummte Mike. «Es werden noch ganz andere Zeiten kommen. Wenn endlich einmal einer von diesen Halbidioten dein Stück annimmt, wirst du wieder mindestens so beschäftigt sein wie damals.»

«Wenn sich irgend jemand jemals entschließen sollte, dieses Stück anzunehmen, würde das meine ganze Meinung vom Showbusineß über den Haufen werfen.» Sie zuckte die Achseln. «Aber ich glaube, darüber brauche ich mir keine Sorgen zu machen. Es nimmt's ja doch keiner.»

Carol spürte die Verzweiflung, die aus Rosamonds Worten klang, und merkte plötzlich, wieviel das Stück für Rosamond bedeutete.

«Dabei ist es in seiner Art eines der besten Stücke, die ich je gelesen habe», sagte Mike. «Ros, erzähl doch der Page einmal ein bißchen davon.»

Mit Rosamond war eine seltsame Veränderung vorgegangen. Bevor man von dem Stück gesprochen hatte, war sie ein reizloses Mädchen in einem spießigen graubraunen Kleid gewesen. Aber nun schien sie plötzlich hübsch. Ihre Wangen waren gerötet, ihre Augen leuchte-

115

ten, und ihre Züge strahlten Intelligenz und Leben aus. Doch sie zögerte, unsicher, wo sie beginnen sollte.

«Wie heißt es?» fragte Carol, um ihr zu helfen.

«Ja – ich – habe es ‹Schwingen› genannt. Es handelt – weißt du, ich schreibe besser als ich rede. Würde es dich schrecklich langweilen, es einmal durchzulesen? Dann verstehst du es bestimmt besser.»

Carol streckte eifrig die Hand aus, und Rosamond zögerte nicht länger.

Carol setzte sich mit dem Manuskript auf die Couch und überließ die beiden andern sich selber. Sie war sofort gefesselt.

Oho, dachte sie, bevor sie noch drei Seiten gelesen hatte. Die Tendenz des Stückes war eine Anklage gegen das kapitalistische System, das zur Vernichtung der kleineren Unternehmen führt. Die Hauptfiguren waren eine Großmutter und ihre Enkelin. Die Personen waren lebendig gezeichnet, sehr menschlich und erschreckend töricht. Doch Rosamonds tiefes Mitleid, ihre Sympathie und ihr Humor gaben dem Stück, selbst in seinen härtesten und brutalsten Stellen, Wärme und Glanz. Carol war erschüttert. Sie las bis zum Ende und blickte dann mit feuchten Augen auf.

«Es tut mir wohl», sagte Rosamond, «daß es einen solchen Eindruck auf dich macht.»

«Wenn ihr jetzt beide zu heulen beginnt», knurrte Mike, «verziehe ich mich und hole mir Zigaretten.» Sein männliches Unbehagen war so komisch, daß die beiden Mädchen in Lachen ausbrachen. Doch als er türschmetternd verschwunden war, wandte sich Rosamond zu Carol und sagte abrupt: «Nicht wahr, du kennst ihn doch jetzt schon mehr als ein Jahr?»

«Ja, ungefähr», sagte Carol erstaunt. «Aber irgendwie kommt es mir länger vor. Ich glaube, weil wir so viel zu-

116

sammen erlebt haben.»

«Kennst du das Mädchen, mit dem er verlobt gewesen ist?»

«Orchid Wynton? Ja, natürlich.»

«Ist sie hübsch?»

Carol war betroffen. Doch sie erwiderte leichthin: «Ja. Sehr hübsch sogar. Alle Burschen waren verrückt nach ihr.» Nachdenklich fügte sie hinzu: «Eigentlich waren wir alle erstaunt, als sie ihre Netze nach Mike auswarf. Du weißt doch, daß sie das tat? Sie fing ihn richtiggehend ein.»

«Und das überrascht dich? Findest du Mike nicht attraktiv?»

Sie blickte Carol in die Augen, und irgendwie wurde es Carol unbehaglich dabei.

«Mike? Attraktiv? Wirklich – nein – attraktiv würde ich ihn eigentlich nicht nennen.» Und als sie immer noch Rosamonds Blick spürte, fügte sie hinzu: «Obgleich er furchtbar nett sein kann und so zuverlässig.»

Rosamond lachte plötzlich. «Ja, zuverlässig ist er. Das stimmt. Aber da kommt er zurück.»

Erst als Carol daheim in ihrem Bett lag, ging ihr der Sinn dieser Unterhaltung auf. Rosamond hatte herausfinden wollen, ob sie, Carol, in Mike verliebt sei.

«Und das bedeutet», dachte Carol und kam sich dabei scharfsinnig vor, «daß sie selber in ihn verliebt ist. Du lieber Himmel!»

Denn es bestand wenig Hoffnung, daß Mike sich jemals in Rosamond verlieben würde, nachdem er derartig in Orchid verschossen gewesen war. Es würde lange dauern, bis er das verwunden hatte. Schade, denn Rosamond wäre wirklich das richtige Mädchen für Mike.

Und wie großartig sie schreiben kann. *«Schwingen»* war ein gutes Stück.

Doch erst am nächsten Tag begann sie Rosamonds Stück richtig zu würdigen, als nämlich Hendricks beschloß, «*Die Himmelsgabe*» ganz durchspielen zu lassen. Ein Großteil des Stückes war umgeschrieben worden, um Leonie Fanchers Reize noch stärker zur Geltung zu bringen. Obgleich es gewisse Vorzüge besaß – es war flüssig geschrieben und wies viele, teils dramatische, teils komische Höhepunkte auf –, so war es doch ein reines Boulevardstück, eine Sammlung von Gags, die ein Autor ohne Überzeugung, einzig und allein um Geld zu verdienen, aneinandergereiht hatte.

«Es ist ein billiges Stück», dachte Carol plötzlich. «Ein billiges Stück mit unwirklichen Menschen. Aber wahrscheinlich wird es ein Erfolg werden, während sich niemand für ‹*Schwingen*› einsetzen will.»

## 14

«*Die Himmelsgabe*» begann langsam Gestalt anzunehmen. Das gab sogar Mr. Hendricks zwischen seinen Temperamentsausbrüchen zu. Beleuchtung, Kostüme, Bühnenbild, Reklame, alles war bereit. Natürlich gab es Krisen. Zum Beispiel die Meinungsverschiedenheit zwischen Leonie Fancher und Virginia Harrington, die die Ehefrau spielte. Die Fancher fand das Kostüm der Harrington viel zu geschmackvoll und elegant. Und sie sagte es auch. «Es wird den ganzen Effekt meines einfachen grauen Tailleurs verderben, wenn die Harrington nicht aufgeputzt und lächerlich aussieht.»

Daraufhin wurde die protestierende Miß Harrington mit einem knallroten Fuchscape und einem unmöglichen Hut ausstaffiert.

Carols Kostüm war die Schlichtheit selbst: ein dunkelblaues Kleid mit weißem Kragen und Manschetten. Dazu kam eine Hornbrille auf der Nase.

Dann stellte sich heraus, daß der erste Akt zu lang war. Im neuen Text fanden sich Carols Zeilen noch vollzählig vor, hingegen hatte man dem Hauptdarsteller einen Teil gestrichen.

«Und da dachte ich schon, der letzte Sommer sei hektisch gewesen», berichtete Carol Mike, «aber das hier ist die Hölle. Jeder versucht, jeden an die Wand zu spielen. Das Stück ist ihnen völlig egal. Das einzige, was sie alle verbindet, ist der Wunsch, die Fancher umzubringen.»

«Na», meinte Mike mitleidlos, «hast du eine Kinderparty erwartet?»

«Nein, aber auch keine Schlangengrube.»

Das Gefühl, sich in einer feindlichen Umgebung zu befinden, wuchs immer mehr. Carol teilte die Garderobe mit Elsie Amis, der ersten Naiven, die die Tochter spielte. «Es muß sehr schwer für dich sein», sagte Elsie von Zeit zu Zeit, «und ich finde es schrecklich tapfer von dir, daß du versuchst, mit routinierten Schauspielern zusammenzuarbeiten. Aber du brauchst wirklich keine Angst zu haben. Wenn du erst einmal ein paar Jahre lang Erfahrungen gesammelt hast, wird schon noch etwas aus dir.»

Das einzige liebenswerte Mitglied des Ensembles war Johnny Barrett, der trotz seines fröhlichen Gesichts allerdings auch seine Sorgen hatte. «Meine Frau bekommt ein Kind», erzählte er Carol, «und ich bin fast ein Jahr lang arbeitslos gewesen. Wenn dieses Stück durchfällt, ist es aus mit mir.»

Und mit diesen verzweifelten Worten ging er auf die Bühne hinaus, um einen komischen Laufburschen in einem oberflächlichen Unterhaltungsstück zu spielen.

119

«Der Ärmste», dachte Carol.

Ihr Unbehagen wuchs, als sie erfuhr, daß das Stück in New Haven starten solle.

«Ich weiß wirklich nicht, was mit mir los ist», sagte sie eines Abends, als sie bei Rosamond zum Nachtessen war. «Als ich das Engagement bekam, war ich derart beglückt, daß ich kaum schlafen konnte. Und jetzt werde ich von Tag zu Tag verstimmter. Ich finde es gräßlich, nach New Haven zu gehen.»

Rosamond lächelte. «Das Schlimme an euch Theaterleuten ist, daß ihr kein seelisches Gleichgewicht habt. Theaterleute können großzügiger oder egoistischer, liebenswerter oder gemeiner als alle andern Leute sein. Und so nett du bist», fügte sie lächelnd hinzu, «du gehörst eben auch dazu.»

Trotz allem mußte Carol lachen.

«Wahrscheinlich hast du recht. Aber tröstlich klingt es nicht. New Haven liegt mir einfach im Magen. Ich hatte so gehofft, daß ihr, du und Mike, bei der Premiere sein würdet und ich nicht ganz verlassen wäre.»

«Zu der Premiere in New York kommen wir bestimmt», versprach Rosamond.

«Doch New Haven ist nicht New York», dachte Carol niedergeschlagen, als sie am Tag vor der Premiere in den Zug stieg. Sie war müde, und ihre Füße schmerzten. In der letzten Nacht hatte man bis nach halb eins geprobt. Und in New Haven sollte die nächste Probe um vier Uhr nachmittags beginnen. Fünf oder sechs Mitglieder des Ensembles fuhren mit Carol im gleichen Zug, doch sie hatte ihnen nur zugenickt, als sie auf der Platzsuche an ihnen vorüberging. Die einzige Ermutigung, die sie erfuhr, war unbeabsichtigt gewesen. Auf dem Bahnsteig hatte sie Elsie getroffen. Und Elsie hatte gesagt: *«Du brauchst doch keine Angst zu haben. Du kannst Fehler machen, so viele du willst. Das ist doch ganz egal. Denk nur immer daran, wie unwichtig deine Rolle ist.»

Carol hatte sich schon längst an derartige Bemerkungen gewöhnt. Aber heute brachten Elsies Worte das Faß zum Überfließen, und Carol erwiderte mit plötzlicher Gehässigkeit: «Schönen Dank. Hoffentlich wirst du dich noch ein ein bißchen ausruhen können. Die Rolle muß eine wahnsinnige Belastung für dich sein. Du siehst schrecklich müde aus.»

Jetzt, allein in ihrem Abteil, schämte sie sich. Müde war nur eine Umschreibung für alt gewesen, und sie wußte, welche Angst Elsie vor dem Altern hatte.

«Ich werde genauso wie die andern», dachte Carol entsetzt, «boshaft und verbittert.»

Die Kostümprobe war die gleiche eintönige Arbeit wie immer. Mr. Hendricks' kleiner Vorrat an Geduld war sehr rasch erschöpft. Sein Nörgeln auf der Bühne ging allen auf die Nerven. Während der letzten Probewoche in New York hatte man beschlossen, daß Carol die Dialoge immer wieder mit lautem Schreibmaschinen-Geklapper unterbrechen solle. Das bedeutete, daß sie sich noch einige weitere Stichwörter merken mußte. Die Maschine, die ihr hier, in New Haven, zur Verfügung stand, war alt und asthmatisch, und Carol hatte Mühe, ein flinkes, geschäftsmäßiges Klappern zu produzieren.

Mr. Hendricks war unzufrieden. «Vergessen Sie nicht, daß Sie bei jedem Klappern einen Lacherfolg ernten sollen. Immer die gleichen Schwierigkeiten mit den Anfängern! Sie denken immer nur an sich selbst und nie an das Stück.»

«Es tut mir leid», sagte Carol, und die Verzweiflung in ihrer Stimme verärgerte Hendricks noch mehr.

«Tun Sie doch nicht, als ob ich eine wilde Bestie wäre», brüllte er. «Und was ist denn daran so komisch?»

121

Carol hatte unbewußt gelächelt, und jetzt merkte sie erst, warum. Mr. Hendricks war ein zweiter Mike: jähzornig, grob und äußerst tüchtig. Er war ein guter Regisseur. Er kannte die Materie. Und von diesem Augenblick an hatte Carol keine Angst mehr vor ihm. Sie lächelte ihm jetzt direkt ins Gesicht, und plötzlich lächelte Hendricks zurück. «O. k.», sagte er mit gemäßigter Stimme, «ich habe Sie erschreckt. Aber diese Sache muß in Ordnung kommen. Versuchen Sie doch einmal beim ersten Stichwort bis auf zehn zu zählen, vielleicht geht's so.»

Er ließ nicht locker. Eine Stunde arbeiteten sie an Carols Schreibmaschinengeklapper, und Carol war völlig erschöpft, als er sich endlich befriedigt erklärte. Die Probe ging weiter und weiter. Bis sie schließlich doch einmal zu Ende war.

Hendricks wischte sich den Schweiß von der Stirn, holte tief Luft und wurde plötzlich väterlich. «Also morgen wird ausgeruht», sagte er. «Schlaft euch aus. Denkt nicht an das Stück und versucht, euch zu entspannen. Aber» – und jetzt wurde er wieder scharf – «punkt halb acht seid ihr alle im Theater, damit ich die Kostüme und das Make-up kontrollieren kann. Und jetzt ins Bett!»

Es war leicht zu sagen, sie sollten sich entspannen, dachte Carol. So einfach war das nicht. Sie brauchte lange zum Einschlafen und wachte früher als gewöhnlich auf. Wenn sie heute abend schlecht war, würde sie wahrscheinlich entlassen. Aber auch wenn sie gut war – was sie bezweifelte –, wäre kein Mensch da, um ihr zu gratulieren. Wenn ich noch lange in diesem Zimmer bleibe, überlegte sie, schnappe ich noch über. Ich möchte wissen, ob Johnny –

Sie rief ihn in seinem Zimmer an, und seine fröhliche

Antwort wirkte beruhigend. «Komm, wir frühstücken zusammen in der Stadt», drängte er.

Sie bummelten zusammen durch die Stadt, und eine Weile vergaß Carol alles. Sie vergaß Leonie, Hendricks und ihre Stichwörter. Sie wußte, daß Johnny ebensolche Angst hatte wie sie. Aber schließlich gelang es ihnen doch, sich gegenseitig aufzuheitern, und sie verbrachten einen fast sorglosen Tag.

Als sie sich spät am Nachmittag in der Hotelhalle trennten, sagte Johnny zum letzten Mal: «Versuch, nicht an heute abend zu denken.» Aber das war leichter gesagt als getan.

Sie fuhr mit einem Taxi ins Theater. Sie mußte sich irgend etwas Besonderes leisten, um Elsie ertragen zu können. Elsie war allerdings in bedeutend besserer Laune als sonst. Sie hatte fünf Gratulationstelegramme und einen Strauß hellroter Rosen bekommen. Die Telegramme steckten an ihrem Spiegel, und die Rosen standen auf ihrem Toilettentisch. Carols Toilettentisch sah ganz kahl und trostlos aus. Irgend jemand hätte doch telegraphieren können, dachte sie. Wenigstens meine Mutter. Alle andern werden Blumen bekommen, und ihre Freunde werden sie in der Garderobe besuchen. Während ich für mich allein in dem tristen Hotelzimmer feiern kann.

Als sie mit dem Schminken begann, merkte sie plötzlich, daß sie keine Angst mehr hatte. Sie spielte mit einem Berufsensemble – und heute war Premiere –, aber es war alles unwirklich für sie. Sie hoffte, ihren Text richtig zu sprechen. Sie hoffte, das Stück würde ein Erfolg. Aber sie spürte keine Nervosität, keine Aufregung, kein Lampenfieber.

Trotzdem begann sie, mit größter Sorgfalt Maske zu machen. Elsie sah ihr einen Augenblick mit erstaunter

Hochachtung zu. «Davon scheinst du wirklich etwas zu verstehen.»

Carol nickte. «Schließlich habe ich außer der Weihnachtsaufführung in der Sonntagsschule doch schon einiges gespielt.»

«Das merkt man. Und wie gefällt's dir eigentlich in der großen Welt?» Ihrer Stimme fehlte die übliche Heuchelei. Doch Carol war wachsam. «Die Welt wäre gar nicht so schlimm», erwiderte sie, «wenn die Menschen nicht wären.»

Elsie setzte gerade zu einer Antwort an, als draußen im Garderobegang eine Stimme rief: «Eine halbe Stunde. Eine halbe Stunde, Miß Fancher. Eine halbe Stunde, Mr. Janies. Eine halbe Stunde für alle.»

Carols Herz begann rascher zu schlagen, und ihre Hände wurden feucht. Und dann war plötzlich alles, wie es sein sollte. Sie war beim Theater. Sie spielte in einem Stück. Sie bemitleidete alle die armen Menschen, die diese überwältigende Seligkeit nicht kannten.

«Jetzt hat's dich doch noch erwischt», sagte Elsie ohne den geringsten Spott in der Stimme. «Mich übrigens auch. Und dabei bin ich doch schon über zehn Jahre beim Bau.» Sie zögerte. Und dann: «Hör, Carol, du hast's wahrscheinlich schwer gehabt in den letzten Wochen, und ich habe dir auch nicht geholfen. So ist es meistens, wenn eine junge Anfängerin in einen Haufen alter Schlachtrosse gerät. Aber ich wünsche dir viel Glück, glaub mir. Ich weiß, daß du dir wegen des Schreibmaschinengehämmers Sorgen machst. Ich bin jetzt gleich fertig. Kann ich dir helfen?»

Carol war nicht nachtragend, und sie nahm Elsies Hilfsangebot bereitwillig an. «Natürlich könntest du. Lies das hier doch rasch einmal durch und paß auf, ob ich an der richtigen Stelle klappere.»

124

Elsie ergriff die zerknitterten Seiten. «Ich muß unbedingt einen neuen Pelzmantel haben», begann sie, und ernsthaft fuhr Carol mit einem «Klapp, klapp, klapp» dazwischen.

«Fünfzehn Minuten», rief die Stimme im Korridor. Und kurz darauf: «Zehn Minuten.» «Fünf Minuten.» «Anfangen, alle anfangen.»

Elsie legte das zerknitterte Blatt auf den Tisch, Carols kalte Hand streifend. «Komm, wir müssen gehen», sagte sie. «Nur keine Angst. Du wirst die Sache schon schmeißen.»

Durch den dämmrigen Korridor gingen sie in die Kulissen hinauf. «Erster Akt. Miß Fancher, erster Akt.»

Leonie Fancher glitt an ihnen vorbei, das Gesicht vor Angst versteinert, die langen roten Fingernägel in die Handflächen gekrallt. Mr. Janies folgte ihr. «Abreiben», zischte er seinem Garderobier zu. «Ich bin in Schweiß gebadet.» Der Mann wischte ihm die Schweißperlen von der Stirn, und Carol schauderte.

Eine Stimme neben ihr sagte: «Vorhang hoch.»

Carol hörte das bekannte Vorhangrauschen und das ebenso bekannte Rascheln des Publikums, das sich dort unten in der Dunkelheit zurechtsetzte. Dann plötzliche Stille. Und jetzt ertönte Leonies Stimme, die ihre ersten Worte sprach. Das Stück hatte begonnen.

Es war wie ein Uhrwerk, das unerbittlich ablief, auf Carols Auftritt zu. Verzweifelt wünschte sie, es aufzuhalten. Es nur für kurze Zeit zu stoppen, bis sie sich aufgefangen hätte. Aber die Sätze folgten einander schnell. Fast war's schon so weit. Jetzt! Wie ein Dolchstoß kam Carols Stichwort. Sie rang nach Luft.

Und dann stand sie – kaum glaublich – auf dem richtigen Platz und sagte: «Ich kann den letztjährigen Ordner nicht finden. Sind Sie sicher, daß Sie es nicht unter

Friedhof abgelegt haben?»

Es war ein sinnloser Satz, der überhaupt nichts zu bedeuten hatte. Doch das Publikum schien ihn für witzig zu halten. Gelächter klang auf, tönte tröstend und warm aus der schwarzen Tiefe jenseits des Rampenlichts empor. Carol blickte Johnny Barrett an und bewunderte die Routine, mit der er das Verklingen des Gelächters abwartete, bevor er ihr antwortete. Ihr zweiter Satz folgte. Und dann saß sie an ihrer Schreibmaschine.

Mr. Hendricks hatte ihr bei den Proben immer wieder eingeschärft, keine unnützen Bewegungen zu machen. Der Rat war überflüssig. Carol wußte genau, wie Leonie Fancher reagieren würde, falls irgendeine Bewegung die Aufmerksamkeit des Publikums von ihr ablenken sollte. Carol saß wie angefroren, obgleich es sie in der Nase kitzelte und der gestärkte Kragen am Hals juckte.

Fiebernd wartete sie auf das nächste Stichwort, das ihr erlaubte, wieder über die Bühne zu gehen. Schließlich fiel es, und sie war dermaßen erleichtert, daß sie ihre ganze Angst vergaß. Und dann kam die Schreibmaschinenszene. Aber nun arbeitete ihr Verstand völlig klar, und das Geklapper setzte genau im richtigen Moment ein. Jedes Klappern erntete eine Lachsalve, Und dann war der erste Akt zu Ende und damit auch Carols Rolle.

In den Kulissen hörte Carol Mr. Janies sagen, er glaube, das Stück komme beim Publikum an. «Vielleicht», antwortete Hendricks' Stimme. «Aber vergiß nicht, New Haven ist nicht New York.»

In New Haven würde es ankommen. Carol war davon überzeugt. Die Zuschauer lachten an den richtigen Stellen und schwiegen an den richtigen Stellen. Die Fancher spielte gut. Das Zusammenspiel klappte, und das Publikum ging mit.

Als nach dem letzten Vorhang die Besucher hinter die

Bühne zu strömen begannen, wurde Carol, die vorher sprühend und angeregt gewesen war, plötzlich schlaff. Alle hatten sie Freunde und würden Blumen bekommen. Nur sie war ganz allein. Wie das Mädchen in den Reklamen, das die falsche Zahnpaste benutzt. Niedergeschlagen ging sie auf ihre Garderobe zu, als plötzlich hinter ihr eine Stimme sagte: «Verzeihung, Miß, dürfte ich Sie um eine kleine Gabe für unsere Papageien-Sprachschule bitten?»

Eine andere Stimme rief: «Carol, Carol, du warst wundervoll!»

Und noch eine andere – eine altvertraute Männerstimme – sagte: «Liebes, ich bin wirklich stolz auf dich.»

Es konnte nicht wahr sein. Und doch war es wahr. Mike, Rosamond, Ellen und die Eltern.

Carol wußte nicht, wo sie mit den Umarmungen anfangen sollte.

«Aber wie habt ihr denn das gemacht? Wieso hat mir kein Mensch etwas davon verraten?» Sie konnte sich noch immer nicht fassen.

«Es war Rosamonds Idee», erklärte Ellen. «Sie schrieb mir, daß sie und Mike nach New Haven fahren würden, um dich zu sehen. Und ich schrieb ihr zurück, daß unsere Tournee beendet sei, und dann telephonierte ich deiner Mutter, und sie sagte mir, daß sie und dein Vater auch kommen würden. Aber es sollte eine Überraschung werden.»

«Wie wär's, wenn du uns in deine Garderobe einladen würdest?» sagte Richter Page. «Und wenn mich der Platzanweiser nicht im Stich gelassen hat, wirst du ein kleines Zeichen meiner respektvollen Hochachtung dort finden.»

Der Platzanweiser hatte ihn nicht im Stich gelassen. Neben dem Toilettentisch stand ein großer Korb mit

Apfelblüten und Mimosen.

«Oh, Vater!» Carols Augen strahlten vor Glück.

«Wenn du dich umgezogen hast, wird Vater uns alle zum Nachtessen einladen», sagte Mrs. Page.

«Darf ich noch zwei Gäste mitbringen?» Carol dachte an Johnny und an Elsie.

«Es wird mir ein Vergnügen sein», sagte Richter Page mit einer Förmlichkeit, hinter der er seinen Vaterstolz zu verbergen suchte.

Während des Umziehens erinnerte Carol sich an Rosamonds Worte, daß Theaterleute entweder glücklicher oder unglücklicher als andere Menschen seien. Und jetzt bin ich gerade glücklicher, dachte sie. Vielleicht ist es nicht von Dauer. Aber komme, was will, jetzt möchte ich mit keinem Menschen tauschen.

## 15

Carol stand in den Kulissen – atemlos – wartend. Es war die New Yorker Premiere.

Dieses Gefühl war mit nichts zu vergleichen; war ihre Rolle auch noch so klein. Sie war dabei. Und das war das einzige, was zählte.

Den ganzen Tag über hatte sie keine Angst verspürt. Sie war unbeschreiblich glücklich gewesen. Und als sie zum Theater ging – sie hatte sich alle Begleitung verbeten –, gehörte ihr die ganze Stadt.

In dem Premierentrubel kam ihr nichts anderes zum Bewußtsein als die strahlenden Rampenlichter und die Wellen von Gelächter und Applaus, der möglicherweise nur ein Höflichkeitsapplaus war. Am Ende der Aufführung – ihrer ersten Broadway-Aufführung – wußte sie nicht, ob es ein Erfolg gewesen war.

Auch Elsie konnte es ihr nicht sagen. «Ich habe nicht die blasseste Ahnung», erklärte sie. «Es sind alles Fans von Leonie gewesen, und die haben natürlich wie närrisch applaudiert.» Sie setzte sich an ihren Toilettentisch und begann, sich abzuschminken. «Du weißt doch», sagte sie, «daß der Premierenapplaus noch gar nichts heißen will. Die meisten Zuschauer sind mit den Schauspielern befreundet und fühlen sich verpflichtet zu applaudieren. Die würden sogar klatschen, wenn wir ihnen Kinderschulverse aufsagten.»

«Und was ist mit den Kritikern?» fragte Carol. «Die brauchen uns doch nicht zu schmeicheln?»

«Nein, aber die sind sowieso der Meinung, daß jedes Stück nichts wert ist. Wenn sie sich zu sehr langweilen, laufen sie davon. Aber meistens leiden sie schweigend und warten, bis sie uns in der Luft zerreißen können.»

Carol war keineswegs deprimiert. Die Faszination des Theaters hielt an, und die bevorstehenden Kritiken erhöhten die Spannung noch.

Am Bühnenausgang warteten Mike und Ellen auf sie.

«Na, Duse», sagte Mike, «hast du deine fünf Sätze ohne Stottern herausgebracht?»

«Es war unbeschreiblich», versicherte Carol ihm. «Kaum hatte ich den Mund aufgemacht, sprang ein Haufen begeisterter Fans auf die Bühne. Sie spannten mir die Pferde aus und zogen mich im Triumph über den Broadway. So einen Erfolg hat es seit Jahrzehnten nicht mehr gegeben.»

«Carol, ich war während der Pause im Foyer», sagte Ellen, «und eine Menge Leute meinten, es sei gut. Tatsächlich.»

«Und eine Menge behaupteten, es sei der letzte Dreck», fiel Mike ihr ins Wort.

Ellen war empört. «Dann verstehen sie keinen Deut.

Du, Carol, wir haben eine Überraschung für dich. Rosamond ist bei Sardi. Und Colin und Mitzi auch. Wir geben eine Party für dich.»

«Sardi!!!» Carol war sprachlos. Zu Sardi ging man, wenn man Erfolg hatte. Wenn man jemand war.

«Komm», sagte Mike. «Steh nicht wie ein Ölgötze da.»

«So fühl' ich mich aber. Und es ist ein wundervolles Gefühl.»

«Um Himmels willen, jetzt bist du ganz übergeschnappt. Und dabei weißt du noch nicht einmal, ob das Stück nicht durchgefallen ist.»

«Nein», erklärte Carol vergnügt. «Das hat Zeit.»

«Ich geb's auf. Kommt, wir wollen gehen.»

Schweigend brachten sie die kurze Strecke bis zu Sardi hinter sich. Carol war zu glücklich, um zu reden. Sie fühlte sich beschwingt. Die heutige Nacht gehörte ihr. An Morgen würde sie erst denken, wenn es soweit war.

Sardi war hell erleuchtet, gemütlich und dicht besetzt. An den Wänden hingen, eingerahmt, die Berühmtheiten von gestern, und an den Tischen saßen die Berühmtheiten von heute.

Carol entdeckte Rosamonds lächelndes Gesicht und strebte auf sie zu. Da hörte sie plötzlich eine Mädchenstimme: «Schnell, Jimmie, schnell. Das Mädchen dort in Grün. Sie hat mitgespielt heute abend!»

Carol drehte sich um und blickte in zwei Paar ehrfürchtige junge Augen, die sie bewundernd anstarrten. Es wurde ihr warm ums Herz. Das war die Krönung des Abends.

Die Gesellschaft an Rosamonds Tisch befand sich in Hochstimmung. Carol hatte ihren Platz zwischen Colin und Mike, und eine Stunde lang verging die Zeit mit Lachen und leichtem Geplauder. Rosamond sagte wenig und blickte Mike oft an. Doch ihr Schweigen war ein verständnisvolles, anerkennendes Schweigen. Rosamond war eine gute Beobachterin, und sie erkannte besser als die andern Carols Stimmung. Rosamond war daher auch als einzige nicht überrascht, als gegen zwei Uhr Carol immer schweigsamer wurde.

Colin sagte plötzlich: «Ich glaube, ich schaue rasch einmal am Times Square, ob die Zeitungen schon da sind.» Er warf Carol einen verständnisvollen Blick zu.

Als er zurückkam, trug er einen ganzen Pack Zeitungen unter dem Arm. «Ich habe noch nicht hineingeschaut», sagte er, «trotz allergrößter Versuchung. Ich bitte, das gebührend anzuerkennen.»

Carol nickte nur, vor Spannung ganz bleich. Und kurz darauf: «Ich – weiß – nicht. Wollt ihr sie nicht zuerst lesen und mir dann sagen, was drinsteht. Ich glaube –»

Mike fiel ihr ins Wort. «Nimm dich doch zusammen, Page. Die Welt geht trotzdem weiter. Hier, lies du die ‹Times›, Rosamond die ‹Tribune›, und wir andern teilen uns den Rest.»

Es erwies sich sehr rasch, daß *«Die Himmelsgabe»* kein Riesenerfolg war. «Das Stück ist ein Machwerk, das nur dem einen Zweck dient: Leonie Fancher herauszustellen», schrieb die «Times». «Die Handlung ist Schablone, der Dialog gestelzt, und trotz einiger Lacherfolge ist es nicht halb so witzig, wie der Autor glaubt. Trotzdem war es für alle Fancher-Fans – und wer gehört nicht dazu? – ein vergnüglicher Abend.»

Carol blickte auf und sah Rosamonds Gesicht.

«Mit dem ‹Sommernachtstraum› scheint's sich ja nicht gerade messen zu können», sagte Rosamond. «Aber ich habe schon Stücke erlebt, die viel schlimmer zerrissen wurden und trotzdem monatelang liefen.»

Carol atmete auf.

Colin schwenkte den «Mirror». «Der Bursche hält es

für recht ordentlich. Wahrscheinlich ist er in die Fancher verknallt.»

«Die ‹News› behauptet, es sei miserabel», verkündete Ellen. «Aber sie glaubt auch, daß die Fancher-Anhänger für eine lange Spielzeit sorgen.»

«Na», sagte Mike, «wenn sich die Fancher nicht gerade ein Bein bricht, scheint es, als ob deine Zukunft vorläufig einmal gesichert wäre.»

«Ist es nicht komisch», sagte Carol nachdenklich, «da hat uns diese Leonie die ganze Zeit das Leben sauer gemacht, weil sich das ganze Stück nur um sie drehen durfte, und jetzt sieht es aus, als ob sie recht gehabt hätte.»

«Theaterspielen ist ein grauenhafter Beruf», meinte Colin, «und ich weiß eigentlich wirklich nicht, warum wir nicht allesamt die ganze Sache an den Nagel hängen und uns um einen einträglichen Büroposten bewerben.»

«Es ist widerlich», bestätigte Carol, während sie ihren Namen unter den Mitspielern suchte.

«Du gehst jetzt am besten ins Bett, Page», mahnte Mike freundschaftlich.

Sie standen alle auf.

Am nächsten Tag erwachte Carol erst gegen Mittag. Sie überlegte sich, daß die Kritiken noch viel schlechter hätten sein können und daß das Stück bestimmt eine gewisse Zeit laufen würde. Und während dieser ganzen Zeit würde sie vor einem New Yorker Publikum spielen. Als sie am Abend mit ihren Kollegen sprach, stellte sie fest, daß alle ihre Ansicht teilten.

Nachdem das Stück eine Woche gelaufen war, setzte Mr. Hendricks für den nächsten Tag eine Probe an, um einige kleine Änderungen vorzunehmen.

Nach der Probe traf sich Carol mit Ellen, die besorgt fragte, ob sie müde sei. «Nicht die Spur. Solange ich

sicher bin, daß ich am Abend spiele, macht mir die läng-
ste Probe nichts aus.»

«Hör mal, Carol», sagte Ellen zögernd, «ich habe an
den kommenden Sommer gedacht und gestern mit Mike
darüber gesprochen. Er sagt, ich solle Mr. Richards
wegen eines Engagements an seinem Sommertheater fragen. Wie steht's mit dir?»

«Nein. Es wäre dumm von mir, wenn ich nicht hierbleiben würde. Aber geh du nur. Für dich hat es doch keinen Sinn, den ganzen Sommer in New York zu sitzen.»

«Aber angenommen, ‹Die Himmelsgabe› wird abge-
setzt?»

«Noch lange nicht.»

«Aber wenn sie es doch tun? Mike meint, es sei ein billig zusammengeschustertes Stück.»

«Das ist schon möglich. Aber bis zum September muß
ich meinem Vater beweisen, daß ich mein Leben beim
Theater verdienen kann. Es wäre verrückt von mir,
mein erstes Broadway-Engagement aufzugeben und
mich in einem Sommertheater zu vergraben. Außerdem
findet Vater, Sommertheater zählen nicht.»

«Wie du willst», erwiderte Ellen. Und zehn Tage später
suchte sie Mr. Richards in seinem New Yorker Büro
auf. Sie kam mit der Neuigkeit zurück, daß er ihr dieses
Jahr ein richtiges Engagement gegeben habe. «Er sagt,
ich sei nun aus den Lehrjahren heraus. Und wenn ich
dem Regieassistenten ein wenig helfen würde, bekäme
ich eine volle Gage.»

Carol freute sich für Ellen. Aber es war ein wenig Weh-
mut dabei.

Das Sommertheater war vergnüglich gewesen, und sie
hatte eine Menge dabei gelernt. Viel mehr, als sie jetzt
bei ihren paar Zeilen lernte. Doch wenn sie den ganzen
Sommer am Broadway spielte, bestanden gute Aussich-

ten, im September wieder ein Engagement zu bekommen. Sie würde in der Stadt sein und hören, was lief. Leonie Fancher mochte sie, und – wer weiß – vielleicht gab sie ihr eine Rolle in ihrem nächsten Stück.

Wenn ich noch über den September hinaus spielen kann, dachte sie, muß Vater mich weitermachen lassen. Und Geldsorgen werde ich jetzt nie mehr haben, weil. ich weiß, daß ich immer irgendeine Arbeit finden kann.

Ein paar Tage später erhielt sie einen Brief von ihrem Bruder, in dem es unter anderm hieß:

«Ich habe eine Neuigkeit für Dich, die Dir bestimmt wohltun wird. Einer meiner Studienkameraden hat über seinem Bett ein Bild von Dir. Er hat die Photo aus einer Lokalzeitung ausgeschnitten. Er behauptet, du hättest das gewisse Etwas. Als ich ihm so nebenbei erklärte, daß Du meine Schwester seist, gab es einen Riesenklamauk. Jetzt stehe ich hier ganz hoch im Kurs. Es scheint doch noch etwas aus Dir zu werden. Alles Liebe. Dein Phil.»

Carol war gerührt. Immerhin hängte sich schon jemand ihr Bild übers Bett. Und Phil war stolz auf sie. Lächelnd legte sie den Brief in die Schublade.

Aus dem April wurde Mai, und langsam hielt der Frühling seinen Einzug. Nach der Premiere hatte Carol sich zuerst jede Vorstellung bis zum Ende angesehen, um möglichst viel daraus zu lernen. Dann hatte sie langsam die Gewohnheit der andern Schauspieler angenommen, die sich gegenseitig in den Garderoben besuchten, wo man über die Kollegen und die Theaterwelt tratschte. Carol genoß es, bei alledem mitzutun. Es gab ihr das Gefühl dazuzugehören. Sie konnte sich nicht mehr erinnern, wann sie aufgehört hatte, das Stück zu beobachten. Sie wußte nur, daß sie sich langsam entspannte und vor lauter Sicherheit fast ein wenig schläfrig wurde.

Inzwischen hatte sich auch für ihre Freunde einiges geändert. Mike hatte einen Kontrakt mit Mr. Richards abgeschlossen, daß er ihm während des Sommers bei der Regie helfen würde. Seine Freizeit konnte er für eine andere Tätigkeit verwenden. Was diese Tätigkeit war, wußte Carol nicht. Aber er ließ durchblicken, daß dieses Arrangement seinen Wünschen entsprach.

Mitzi hatte eine Stelle bei einer Immobilienfirma in Connecticut. Doch nicht das war die Krönung ihres Glücks.

«Colin», sagte Mitzi, «hat mich gefragt, ob ich ihn heiraten will.»

«Mitzi! Und wirst du's tun?»

Mitzi war schockiert. «Aber natürlich. Weißt du übrigens, daß er mir von seiner Arbeit am Radio erzählt und mich gefragt hat, ob es mich störe? Ist das zu glauben? Die Männer sind doch komisch. Da hat er die ganze Zeit eine feste Anstellung und sagt kein Sterbenswort. Wann wir heiraten, weiß ich noch nicht. Vielleicht im Herbst. Colin sagt –»

Carol sprach mit Mitzi über ihre Pläne, bis es Zeit war, ins Theater zu gehen.

An der Bühnentür lächelte sie im Vorbeigehen dem alten grauhaarigen Portier zu. Am Schwarzen Brett blieb sie einen Augenblick stehen. Das Brett war leer, bis auf einen schmalen, weißen, sauber getippten Streifen: «An die Mitglieder des Ensembles», las Carol. «Letzte Vorstellung der ‹Himmelsgabe›: Samstag, 26. Mai.»


16


Carol war wieder Platzanweiserin. Sie wollte sichergehen.

«Jedenfalls ist es gut, einen Beruf zu haben», sagte sie zu Ellen.

«Bleibt dir denn nichts anderes übrig?» fragte sie. «Könntest du nicht mit Richards sprechen?»

«Das habe ich getan. Er hat sein Ensemble beisammen.»

«Du Ärmste», jammerte Ellen. «Jetzt mußt du in dieser gräßlichen Stadt bleiben. Und alle Leute sagen, der Sommer sei grauenhaft hier. Und wenn man dir als Platzanweiserin kündigt? Und –»

Carol blieb geduldig. «Ich bin schon schlimmer dran gewesen. Letzten Winter hatte ich weder eine Stelle noch Erfahrungen am Broadway. Und jetzt habe ich beides.»

«Ja, und du hast mir nie gesagt, wie übel es dir gegangen ist. Ich finde es gemein zu verschweigen, daß du keinen Zuschuß bekommst. Und ich wüßte es heute noch nicht, wenn mir diese Platzanweiserei nicht so merkwürdig vorgekommen wäre.»

«Sorge dich nicht um mich. Es wird mir großartig gehen. Ich besitze einen Bombenruf als Platzanweiserin. Sie wollen mich sogar im Parkett beschäftigen.»

«Deine Familie wird keine Freude daran haben.»

Ellen hatte recht. Die Familie hatte keine Freude daran.

«Meiner Ansicht nach solltest Du nach Hause kommen», schrieb ihr Vater. «Du hast Deinen Willen gehabt und bist am Broadway aufgetreten. Jetzt machst Du uns aufrichtig Sorgen. Platzanweisen ist wohl kaum die Beschäftigung, die Du Dir beim Theater ersehnst.»

Carol erwiderte, obgleich es nicht ihr Ehrgeiz sei, Plätze anzuweisen, sei dieser Beruf gar nicht so schlimm, ja manchmal sogar ganz vergnüglich. Und es bestehe für ihre Eltern keinerlei Grund, sich Sorgen zu machen.

Wenn ich bis zum 1. September kein Engagement habe, komme ich heim, versprach sie.

Die Antwort ihres Vaters enthielt einen Scheck über 300

Dollar. Trotzdem war Carol etwas bange. Falls sie bis September keine Engagement fand, würde sie heimfahren und ins College gehen müssen.

«Natürlich», sagte sie, während sie Ellen beim Packen half, «kann ich's auch nach dem College noch einmal mit der Schauspielerei versuchen. Aber dann muß ich wieder ganz von vorne anfangen. Wenn es nur nicht ausgerechnet Sommer wäre. Das ist die schlechteste Zeit, um ein Engagement zu bekommen.»

«Ja. Aber trotzdem werden manchmal Schauspieler gesucht. Arthur Sweetser will nächstens ein neues Stück herausbringen.»

«Und das sagst du mir erst jetzt?»

«Ich hab's vor lauter Aufregung vergessen. Aber –»

Carol stand schon an der Tür. «Am liebsten würde ich dir den Kopf abreißen. Aber dazu habe ich jetzt keine Zeit. Ist mein Haar in Ordnung? Adieu.»

Carol war seit Monaten nicht mehr in Sweetsers Büro gewesen, und sie fürchtete, er könne eine neue Sekretärin haben oder Marie würde sie nicht mehr erkennen. Doch Marie begrüßte sie freundschaftlich, zog die Karte aus ihrem Karteikasten und bat Carol zu warten. Sie mußte nicht sehr lange warten. In knapp einer Stunde kam sie an die Reihe.

Mr. Sweetser erinnerte sich an sie.

«Hallo», sagte er freundlich. «Sie sind also noch immer auf der Suche?»

«Ich habe einen tollen Winter hinter mir», erwiderte Carol. «Ich hatte ein Engagement.»

«Da ging es Ihnen besser als den meisten andern. Erzählen Sie.»

Carol erzählte, und er nickte.

«*Die Himmelsgabe*. Nicht besonders gut, aber eine Bombenrolle für Leonie. Ich habe das Stück gelesen, kam aber nicht dazu, es mir anzusehen. Und jetzt sind Sie wieder ohne Engagement?»

«Ja. Und ich habe gehört, daß Sie – ich meine –»

«Nur nicht so schüchtern, wenn es um Arbeit geht. Sie glauben also, daß ich vielleicht etwas für Sie hätte?»

«Ich weiß natürlich gar nichts von Ihrem Stück», erwiderte Carol. »Aber vielleicht passe ich hinein?»

«Das wäre gar nicht ausgeschlossen. Zeigen Sie einmal, was Sie können. Lesen Sie sich drüben im andern Zimmer einmal diese Rolle durch, und dann wollen wir sehen, was Sie aus der Naomi machen können.»

Carols Herz klopfte schneller, als sie nach den hektographierten Blättern griff. Es waren sieben Seiten – eine richtige Rolle. Die Naomi war das Zimmermädchen in einem großen Villenhaushalt. Ein hübsches, ein wenig dummes, junges Ding, das bei einem Autounfall ums Leben kommt, den der Sohn des Hauses in angetrunkenem Zustand verursacht. Die Szene, in der er sie überredet, mit ihm auszugehen, dauerte mindestens fünf Minuten, und Carol würde ganz allein mit ihrem Partner auf der Bühne stehen.

«Toll!»

Bis sie wieder zu Mr. Sweetser hineingehen konnte, hatte sie die Rolle mehrmals durchgelesen. Sie hatte jetzt schon oft genug in Produzentenbüros gelesen, um zu wissen, wie sehr man sich zusammennehmen muß. Weder Nervosität noch Aufregung klangen aus ihrer Stimme. Sie hatte sogar das Gefühl, es gehe recht ordentlich. Und als sie fertig war, schaute sie mit einem gewissen Selbstvertrauen auf.

Mr. Sweetser lächelte nicht. Sein Gesicht war ernst, fast ein wenig traurig. Es entstand ein peinliches Schweigen.

«Hören Sie», sagte er schließlich, «das war ausgesprochen schlecht. Sie können die Naomi nicht spielen.

138

Wenn es jemand anders wäre, würde ich die üblichen Ausflüchte machen und Sie so schnell wie möglich hinauskomplimentieren.»

Carol war blutübergossen, als sie nach ihrer Tasche und den Handschuhen griff. Aber er winkte ihr dazubleiben.

«Als Sie letzten Herbst zu mir kamen», fuhr er fort, «sagte ich mir, hinter der steckt etwas. Sie sieht gut aus, hat eine schöne Stimme, aber was viel wichtiger ist: sie hat Verstand. Die wird an sich arbeiten und studieren. Und wenn sie einmal einundzwanzig ist, dann sticht sie alle andern aus. Aber ich scheine mich geirrt zu haben. Sie sind noch keinen Schritt weiter als damals.»

«Das stimmt nicht», erwiderte Carol. «Ich hatte ein Engagement und habe schwer gearbeitet. Was hätte ich mehr tun sollen?»

«Sie hatten ein Engagement, in dem Sie fünf Sätze sprechen konnten. Aber auf seinen Lorbeeren darf man sich nicht ausruhen. Und das haben Sie doch getan? Nicht einmal Sprachübungen haben Sie gemacht. Sie sind schlechter als vorher. Sie müssen arbeiten, Kind. Wenn Sie keinen Unterricht nehmen können, dann müssen Sie mindestens jeden Tag eine Stunde laut lesen. Sie sind doch am Stuyvesant gewesen. Und Sie wissen, was man tun muß, um Resonanz zu bekommen. Sie haben wochenlang die Fancher aus nächster Nähe gehört. Von der hätten Sie allerhand lernen können. Bilden Sie sich nur ja nicht ein, daß der die melodiöse Stimme in die Wiege gelegt wurde. Leonie ist eine große Schauspielerin, sie beherrscht ihre Technik und hat jahrelang daran gearbeitet. Studieren Sie. Denken Sie über verschiedene Rollen nach und wie man sie anlegen könnte. Lernen Sie, wie man eine Rolle aufbaut, und lassen Sie nie nach.»

«Aber, ich –» Carol hielt inne. Es hatte keinen Zweck,

Mr. Sweetser zu erzählen, daß ihr nur noch vier Monate zum Studieren blieben. Mr. Sweetser dachte, sie wolle protestieren, und zuckte die Achseln. «Machen Sie, was Sie wollen», sagte er. «Ich habe Ihnen mehr Zeit geopfert als allen andern, die zu mir kommen. Ich kann Sie jetzt nicht brauchen. Aber ich glaube noch immer, daß Sie's in sich haben.» Er schwieg und sagte dann uninteressiert: «Aber wenn Sie nicht arbeiten wollen, dann stehlen Sie mir nicht meine Zeit. Dann gehen Sie besser nach Hause und suchen sich einen Mann.»

Carol erhob sich. «Es tut mir leid. Ich verschwinde sofort.»
«Recht so. Machen Sie sich so schnell wie möglich an die Arbeit.»
Sein Lächeln war pure Verschwendung. Carol sah es nicht. Wütend und gedemütigt eilte sie hinaus.
«Das ist ungerecht», schimpfte sie. «Mr. Sweetser ist gemein und ekelhaft.» Mit langen, wütenden Schritten lief sie die 7. Avenue hinauf und dann in den Central Park. Dort ging sie weiter, ohne sich um ihre Umgebung zu kümmern.
Erst nach langer Zeit merkte sie, wie müde sie war. Die Beine schmerzten und der Kopf ebenfalls.
Sie setzte sich auf eine Bank.
Der Park wimmelte von Kindern und Hunden. Schwanzwedelnd blieb ein Scottie vor ihr stehen. Einen Augenblick später half sie einem erhitzten kleinen Jungen, seinen Ball unter ihrer Bank hervorzuholen. Ihr Ärger war verflogen, und sie sah ein, daß Mr. Sweetser recht gehabt hatte. Sie hatte wirklich gebummelt. Sie hatte sich treiben lassen.
Als sie heimkam, war Ellen noch immer am Packen.
«Nein», sagte Carol, noch ehe Ellen den Mund aufma-

140

chen konnte. «Ich habe kein Engagement bekommen. Aber es schadet nichts. Wo sind alle die Bücher, die wir im Stuyvesant brauchten? Erinnerst du dich noch an den Satz aus der Sprachtechnik? Ich meine den aus der ‹Hedda Gabler›, über den ich immer stolperte. Den möchte ich mir gleich einmal vornehmen.»

«Du lieber Himmel», sagte die verblüffte Ellen. «Du denkst doch nicht daran, die *Hedda Gabler* zu spielen?»

«Nein. Aber ich kann sie gleichwohl studieren.»

## 17

Nach Ellens Abreise benützte Carol jede freie Minute, um zu arbeiten. Sie las laut, studierte Rollen. Sie erinnerte sich ihres Fehlers, ihre Gesten zu übertreiben, und machte getreulich alle Übungen, durch die man Ausgeglichenheit und Selbstbeherrschung erlangen sollte.

«Das einzige, was mir fehlt», sagte sie sich, «ist jemand, der mich kritisiert.» Aber Ellen war fort – Mike war fort – Mitzi war fort. Und Rosamond Duncan hatte zu viel Arbeit. Die Hilfe kam von ganz unerwarteter Seite.

An einem heißen Junitag hatte Carol ihre Tür ein wenig geöffnet, um etwas mehr Luft zu haben.

«Willst du mit mir über diese Wiese gehen?» las sie. Nein, das war falsch. Es klang zu schüchtern. Nicht wie ein Bauernmädchen. Sie versuchte es noch einmal. Diesmal klang es noch schlimmer. Es war, als ob sie ihren Schutzheiligen bäte und nicht ihren zukünftigen Bräutigam.

«Willst du mit mir über diese Wiese gehen?» wiederholte Carol verzweifelt.

«Proben Sie, mein Kind?»

In gelbem Chiffon, mit langer Bernsteinkette, stand Miß
Iverson auf der Schwelle.

Carol schluckte. «Nein – nicht eigentlich proben. Ich –
ich übe nur ein bißchen.»

Miß Iversons langes, trauriges Gesicht erglühte. «Ah,
üben! Die langen Stunden der Mühseligkeit! Der
schwere Weg des Künstlers zu den Sternen!»

Carol lief es eiskalt über den Rücken. Miß Iverson
sprach offensichtlich in völligem Ernst.

Carol nahm sich zusammen. «Ich habe dieses Stück im
letzten Winter gesehen und versuche, diese Rolle selber
zu gestalten.»

«Wenn ich Ihnen helfen könnte, mein Kind, so wäre das
die größte Wonne für mich. Was kann das Alter mehr
verlangen, als der Jugend den Weg zu weisen.»

Carol merkte, daß es keinen Ausweg gab. «Wenn Sie
mir vielleicht die Stichworte geben würden», sagte sie
schwach.

Miß Iverson trat ins Zimmer und nahm die Blätter in
die Hand. «Ich beginne oben an der Seite», sagte sie
sachlich.

Als sie zum Satz «Willst du mit mir über diese Wiese gehen?» kamen, hielt sie inne. «Kind, das war ganz, ganz
falsch.»

Carol nickte zustimmend.

«Sie haben völlig vergessen, daß Sie ein Bauernmädchen
sind. Sie denken viel zu sehr darüber nach, was Sie zu
sagen haben und wie Sie es sagen müssen. Sie sind ein
Bauernmädchen, das zu einem andern Menschen spricht
und ihm einen alltäglichen Vorschlag macht. Ich bin
jetzt der junge Mann. Sprechen Sie mit mir. Versuchen
Sie's noch einmal.»

Carol probierte es, obgleich es schwierig war, sich Miß
Iverson als Bauernburschen vorzustellen.

«Willst du mit mir über diese Wiese gehen?» sagte sie, und diesmal war die Betonung richtig, und alles klang völlig natürlich.

«Aber das ist ja wunderbar», rief Carol. «Jetzt klappt es plötzlich.»

Miß Iverson lächelte. «Liebes Kind, eine alte Schauspielerin weiß, wie man spielen muß. Vielleicht besser als diese spindeldürren Bleichschnäbel, die heutzutage die Hauptrollen bekommen.»

Carol errötete.

«Technik ist eine gute Sache», fuhr Miß Iverson mit einer so natürlichen Stimme fort, wie Carol sie noch nie von ihr gehört hatte. «Aber viele Leute denken, daß Technik allein genügt. Und das ist ein Irrtum. Menschenkenntnis gehört auch dazu. Man muß die Menschen beobachten. Vergessen Sie eine Weile ihre Atemtechnik, und versetzen Sie sich in ein junges Mädchen, das mit einem jungen Burschen spricht. Versuchen Sie's noch einmal.»

Der Auftritt ging jetzt viel besser. Und nachher fiel Carol ein, daß sie es seinerzeit am Stuyvesant genauso gemacht hatte.

«Ich war Elevin», erzählte sie. «Sie kennen doch Phyllis Marlowe? In unserer Klasse war ein Mädchen, dem Miß Marlowe sagen mußte, daß niemals eine Schauspielerin aus ihr würde. Ich war dabei, als sie's ihr sagte. Und als ich später in einem Stück eine völlig verzweifelte Frau darstellen mußte, ahmte ich jenes Mädchen nach und wurde von Miß Marlowe gelobt.»

Miß Iverson lächelte. «Miß Marlowe ist eine große Schauspielerin», sagte sie. «Wir haben einmal zusammen gespielt, vor fast zwanzig Jahren. Sie hatte nur eine winzige Rolle, aber sie war die einzige mit Talent in dem ganzen Ensemble.» Miß Iverson räusperte sich.

«Wenn Sie wieder mal jemand für Ihre Stichworte brauchen – ich mach's mit dem größten Vergnügen. Ich – ich bin doch manchmal sehr allein.»

Miß Iverson verbrachte in diesem Sommer viele Stunden mit Carol. Sie schlug ihr geeignete Stücke vor und gab ihr manchen guten Rat.

«Sie ist wundervoll», sagte Carol zu Billy. «Sie kann jede Rolle lesen, und es klingt immer echt – ob es nun ein alter Mann oder ein kleines Kind ist.»

Billy streichelte Herbert und nickte. «Natürlich», sagte er. «Sie ist noch eine von der alten Garde. Sie fing bei einer Wanderbühne an und lernte, alles zu spielen. Sie hat momentan eine recht schwere Zeit. Schon die zweite Saison keine Arbeit.»

Carol erschrak. Doch Billys nächste Bemerkung erschreckte sie noch viel mehr.

«In ein paar Tagen ziehen Herbert und ich hier aus. Auch wir sind momentan arbeitslos.»

Mit weit aufgerissenen Augen starrte Carol ihn an.

«Ja. Zeitweise arbeitslos», sagte Billy feierlich. Und dann breitete sich ein fröhliches Grinsen über sein Gesicht. «Aber wir gehen zurück zum Zirkus.»

«Ja, Billy!» rief Carol. «Wie ist denn das gekommen?»

Die Geschichte war ganz einfach. Der Besitzer eines kleineren Zirkus war auf der Suche nach Artisten in New York gewesen, und Freunde hatten ihn in die «Blaue Lagune» mitgenommen. Er hatte Billy wiedererkannt.

«Zuerst hatte er eine Menge Bedenken», sagte Billy. «Sein Zirkus sei viel kleiner als diejenigen, in denen ich früher aufgetreten bin. Und er suche eine echte Clown-Nummer, nicht dieses Nachtklubzeug, sondern etwas für Kinder. Er sagt, mit einem kleinen Zirkus läßt sich eine Menge Geld verdienen, wenn man gute Nummern hat. Und die hat er.»

«Billy, wie herrlich!»

«Ja, wirklich. Herbert und ich bekommen einen Wohn-
wagen. Und wir arbeiten ganz allein in der Manege.» Er
zögerte. «Ende des Monats sind wir in Wilton, Connecticut. Hätten Sie nicht Lust, uns dort anzusehen?»

«Doch. Auf jeden Fall.»

Und so kam es, daß Carol an einem Junitag unter einem
braunen Zirkuszelt saß, in dem es nach Sonne, Säge-
mehl, Elefanten und Pferden roch. Und rings um sie
herum saßen aufgeregte Kinder, wild vor Begeisterung.

Nachdem die dressierten Seehunde sich verabschiedet
hatten, wurden ein angemalter Baum und eine Bank in
die Manege geschoben. Die Kinder starrten atemlos, als
ein schäbiger Vagabund in die Manege stapfte, ausgie-
big gähnte und sich dann zum Schlafen auf die Bank
legte. Er bemerkte das kleine schwarze, weißgestreifte
Tier nicht, das ihm folgte.

«Aufpassen!» kreischten die Kinder. «He, Mister, aufpassen! Ein Skunk!»

Er hörte nichts. Er war zu müde, und sein Entsetzen war
herrlich gespielt, als er den Skunk entdeckte. Die Kinder
quietschten und feuerten Herbert stürmisch an, bis Billy
oben auf dem Baum saß und Herbert auf der Bank. Sie
waren hingerissen.

Kein Wunder, daß Billy sich zum Zirkus zurücksehnt
hatte. Er war ein echter Clown.


## 18


Carol fand den New Yorker Sommer gar nicht so
schlimm. Und wenn sie nicht so einsam und beunruhigt
gewesen wäre, hätte sie ihn genossen.

Aber noch nie war sie so allein gewesen. Ellen, Mike, Mitzi, Colin – alle waren sie fort. Selbst Miß Iverson war für einen Monat zu einer verheirateten Schwester aufs Land gezogen. Nur Rosamond war noch da. Doch hatte sie selten Zeit.

Langsam schlichen die Julitage vorbei. Wenn Carol am Morgen müde erwachte, las sie beim Frühstück die Theaterneuigkeiten. Und wenn sie nicht bei einer Nachmittagsvorstellung Plätze anweisen mußte, machte sie jeden Tag sechs Stunden lang wieder die bekannte Runde. Heiße Straßen, überfüllte Büros. Allmählich bekam sie das Gefühl, eine Tarnkappe zu tragen. Niemand schenkte ihr Beachtung. Niemand schien ein Ensemble zusammenzustellen. Und wenn es ausnahmsweise doch einer tat, so hatte er keine Rolle für sie. Zwar besaß sie jetzt einen Agenten, doch war er keine große Hilfe. «Jetzt ist nichts los», tröstete er sie. «Warten Sie bis Oktober, und dann werden wir weitersehen.» Aber sie konnte nicht bis Oktober warten. Sie hatte nur noch bis September Frist. Dann würde sie heimfahren müssen.

«Aber bis zum letzten Tag bleibe ich hier», sagte sie. «Ich gebe nicht auf.»

Täglich um fünf ging sie nach Hause zu Mrs. Garrett, nahm ein Bad und ruhte sich noch ein wenig aus.

Um sich ein wenig aufzuheitern, saß sie manchmal bei *Sardi*. Warum nicht? dachte sie. Ich habe noch immer ein bißchen Geld von meiner Gage übrig, und es muß ja nur noch bis September reichen.

Ihr Gehalt als Platzanweiserin genügte für Zimmer und Essen, so daß sie keine Geldsorgen hatte. Ab und zu war sie mit Rosamond zusammen.

«Hast du irgend etwas von Mike gehört?» fragte Carol eines Abends.

Rosamond zuckte die Schultern. «Gestern kam eine

Postkarte mit der höchst vertraulichen Mitteilung, daß er in einer Kleinstadt an der Küste ein Laienspiel für die Methodistenkirche einstudiere.»

Carol lachte. «Eine ähnliche Karte schickte er mir vor drei Wochen aus Vermont. Und er schrieb, er inszeniere eine Vereinsaufführung zum Nationalfeiertag.»

Rosamond lächelte und sagte nichts mehr. Doch Carol war ihre Enttäuschung nicht entgangen, und am liebsten hätte sie Mike einmal gründlich zusammengestaucht.

«Hat sich mit deinem Stück irgend etwas Neues ereignet?»

«Nein. Es ist total zerknittert und voller Eselsohren von dem langen Herumliegen in den Produzentenschubladen. So daß man schon vom Ansehen genug davon bekommt. Übrigens hat Mike eine Kopie mitgenommen. Er meint, daß er vielleicht etwas dafür tun kann, was ich jedoch bezweifle.»

Carol hatte keine andere Antwort erwartet. So war es meistens im Leben. Aber Rosamond konnte ein anderes Stück schreiben. Sie hatte ja Zeit.

Carol blieben noch genau fünf Wochen. Obwohl sie fest entschlossen war, bis zum Ende des Termins durchzuhalten, begann sie doch, Zukunftspläne zu schmieden.

Sie würde Theaterkunde studieren. Und die Sommerferien wollte sie an Richards' Sommertheater verbringen. Und nach dem Schlußexamen würde sie an den Broadway zurückkehren und wieder von vorne beginnen.

Nach diesem Entschluß fühlte sie sich wohler. Es würde keine überwältigend glückliche Zukunft sein, aber es war immer noch besser, als mit dem Kopf durch die Wand zu rennen. Sie hatte ihre Karriere nicht aufgegeben – nur hinausgeschoben. Wenn ich wirklich Talent habe, dachte sie, werde ich mich früher oder später durchsetzen. Ich darf mich nur nicht unterkriegen lassen.

So verging die zweite Augustwoche nicht allzu trübselig. New York war heiß, aber es gab Cafés mit Klimaanlagen.

Miß Iverson, von ihrem Landaufenthalt zurück, arbeitete wieder mit ihr. Carol erinnerte sich an die Premiere der «Himmelsgabe», zu der sie Miß Iverson nicht eingeladen hatte, und an die Party bei Sardi.

Wie abscheulich von mir, dachte Carol beschämt. Ich hätte ihr wirklich manchmal helfen können. Sie beschloß in der kurzen, noch verbleibenden Zeit ein bißchen weniger egoistisch zu sein. Und als sie ein paar Tage später durch die anhaltende Hitze schon um die Mittagszeit erschöpft war, gaben ihr die schneeweißen Gladiolen in einem Blumengeschäft eine gute Idee. Sie kaufte einen Strauß Gladiolen für Miß Iverson und leistete sich ein Taxi. Mrs. Garretts Vorplatz war dunkel und angenehm kühl. Carol, noch von der Sonne geblendet, brauchte einige Zeit, bis sie den Zettel mit ihrem Namen auf dem Vorplatztisch sah.

Carol legte die Gladiolen auf den Tisch und ging in den Salon. Auf dem Zettel hieß es:

«Miß Page – Stuyvesant-Theater hat angerufen – Wenn Sie vor sechs Uhr heimkommen, bitte sofort hingehen – Nach sechs Uhr telephonieren.»

Das Stuyvesant. Carol war erstaunt. Sie wußte, daß Miß Marlowes Tournee beendet war. Doch Miß Marlowe war in den Ferien. Aber ganz egal: ein Anruf von einem Theater war eine wichtige Sache.

«Eileen!» rief Carol. «Mrs. Garrett!»

Als Eileen erschien, übergab sie ihr die Gladiolen. «Wollen Sie die, bitte, Miß Iverson bringen. Ich muß wieder weg.»

Sie ließ die erstaunte Eileen auf dem Vorplatz stehen und eilte in die Hitze hinaus – in die dampfende Untergrund – und dann wieder in die flimmernde Luft der 23. Straße.

Zum Glück war es im Stuyvesant kühl. Carol hastete die schmale Holztreppe zu Miß Marlowes Büro hinauf und blieb dann erstaunt auf der Schwelle stehen.

Miß Marlowe saß hinter ihrem Schreibtisch, das Kinn auf die Hand gestützt, wie Carol sie so oft gesehen hatte. Rosamond Duncan saß am Fenster, und Mike lehnte an der Wand.

«Kommen Sie herein», sagte Miß Marlowe. Mike sagte: «Hallo, Page», ohne sich zu rühren, und Rosamond lächelte – aber so nervös, daß Carol sich nichts zu sagen traute. Statt dessen setzte sie sich auf den nächsten Stuhl.

Miß Marlowe wandte sich an sie. «Ich habe gehört, daß Sie Miß Duncans Stück gelesen haben.»

Carol war plötzlich gespannt. «Ja», sagte sie, «und ich finde es großartig.»

«Es ist großartig und verdient, aufgeführt zu werden – hier in dem alten Stuyvesant. Leider kann es keine *En-suite-Vorstellungen* geben, denn ich habe das Theater bereits untervermietet. Und außerdem besitze ich auch nicht genügend Geld. Aber eine Woche lang können wir es spielen.» Sie hielt inne.

«Und ich möchte», fuhr Miß Marlowe fort, «einmal die Hazel von Ihnen hören.»

Carol zog den Atem ein. Hazel war die Enkelin, aber keineswegs eine typische Naive. Sie besaß das stürmische Temperament ihrer Großmutter und auch deren eisernen Willen. Sie war bezaubernd, impulsiv, herrschsüchtig. Aber sie und die alte Dame verstanden sich ausgezeichnet und kamen mit den konventionellen Menschen ihrer Umgebung schwer zurecht.

Es war Carol klar, daß Miß Marlowe die Großmutter spielen würde. Und neben ihr eine solche Rolle zu haben, und sei es auch nur für eine Woche –

«Hier», sagte Miß Marlowe und reichte Carol das Manuskript. «Fangen Sie mit dem Streit im zweiten Akt an.»

Carol kannte die Szene, aber sie las sie doch noch einmal aufmerksam durch. Dann blickte sie auf. Miß Marlowe nickte. Und Carol begann. Es blieb ihr keine Zeit zum Nachdenken, aber sie gab sich Mühe. Sie wußte nicht, ob die Lesung gut oder schlecht oder mittelmäßig gewesen war. Und als sie geendet hatte, blickte sie nicht auf.

Es gab ein langes Schweigen, während Carol auf das Blatt in ihrer Hand starrte. Die Hand zitterte, und sie legte die Blätter in ihren Schoß.

Miß Marlowes Stuhl knarrte. «Das», sagte sie langsam, «ist genau das, was wir brauchen.»

Carol blickte auf, und als Miß Marlowe die ungläubige Freude in ihrem Gesicht wahrnahm, sagte sie: «Ja, Kind, wenn Sie wollen, können Sie die Rolle haben. Sie haben viel gearbeitet in diesem Jahr, nicht wahr?» Carol versuchte zu sprechen, doch es gelang ihr nicht, und Mike, der das Unglück nahen sah, versuchte, ihm zuvorzukommen.

«Heul ruhig, Page», sagte er. Aber zu seinem Entsetzen brach Carol tatsächlich in Tränen aus. Rosamond, die bis jetzt geschwiegen hatte, stand auf und reichte Carol ihr Taschentuch.

«Wein dich nur aus», sagte sie trocken.

## 19

Noch am gleichen Abend schrieb Carol ihrem Vater und erklärte ihm, daß sie erst in der zweiten Septemberwoche nach Hause kommen würde. Sie bat ihre Eltern, sich das Stück in New York anzusehen: «Aber bitte nicht an der Premiere. An irgendeinem andern Tag. Miß Marlowe möchte das Stück unbedingt bringen, weil es hervorragend ist. Und weil sie wieder einmal im Stuyvesant spielen will, bevor daraus ein Kino wird. Ich habe eine wirklich große Rolle. Und wenn's auch nur für kurze Zeit ist, so bin ich doch der glücklichste Mensch auf der Welt.»

Die nächsten zwei Wochen arbeitete sie hart. Phyllis Marlowe führte Regie – ruhig, verständnisvoll und mit Humor, wie stets. Aber sie verlangte von ihrem Ensemble ebenso viel wie von sich selbst.

Mike wirkte als Bühnenmeister und hatte nicht nur dafür zu sorgen, daß jedes Detail des Bühnenbildes stimmte, sondern mußte auch noch alle Stichworte der einzelnen Schauspieler im Kopf haben. Er überwachte die Bühnenarbeiter und war für die Ton- und Lichteffekte verantwortlich. Rosamond beriet sich mit Miß Marlowe, änderte Texte und schrieb ganze Passagen neu.

Je mehr sich Carol mit ihrer ersten großen Rolle beschäftigte, desto größer wurde ihr Selbstvertrauen. Dankbar dachte sie an Arthur Sweetser.

Das Stück nahm rasch Gestalt an, denn es gab weder Mißstimmung noch Streit. Das Ensemble arbeitete ausgezeichnet zusammen, höflich, liebenswürdig und manchmal sogar ausgelassen. Es ergab sich nur eine unerwartete Schwierigkeit. Der Schauspielerin, die Hazels farblose Mutter spielen sollte, wurde in einem voraussichtlich sehr erfolgreichen Stück eine Rolle angeboten. Miß Marlowe drängte sie anzunehmen.

«Eine solche Gelegenheit darf man sich nicht entgehen lassen», sagte sie. «Es bedeutet einen Winter lang Arbeit für Sie.»

Die Schauspielerin befolgte ihren Rat, und man mußte einen Ersatz für sie suchen. Verschiedene Damen wurden angefragt, fanden jedoch alle keinen Anklang.

«Es ist eine wichtige Rolle», sagte Rosamond, «und wir brauchen jemanden, der einen Langweiler spielen kann, ohne langweilig zu sein. Das ist schwierig.»

Als auch die nächste Schauspielerin den Erwartungen nicht entsprach, wagte Carol einen Vorschlag zu machen. Sie suchte Miß Marlowe im Requisitenlager auf, wo sie wegen der Kostüme konferierte.

«Miß Marlowe», begann sie, «ich kenne eine Schauspielerin, die genauso aussieht, wie die Millicent aussehen sollte. Und sie kann etwas. Sie hat sogar einmal mit Ihnen zusammen gespielt. Sie heißt Iverson.»

«Eloise Iverson», rief Miß Marlowe erstaunt und interessiert. «Ich erinnere mich noch gut. Sie war so nett zu mir, als ich noch ein kleiner Angsthase war. Wo steckt sie denn?»

«Sie wohnt auch bei Mrs. Garrett.»

«Schicken Sie doch sofort nach ihr.»

Die verwirrte Miß Iverson erschien in einer roten Chiffonwolke mit Perlenvolants. Und verschwand sofort in Miß Marlowes Büro.

Als sie wieder herauskam, entdeckte sie die aufgeregte Carol am Fuß der Treppe. «Kindchen», sagte sie, «das habe ich Ihnen zu verdanken, daß ich noch einmal eine Rolle bekommen habe. Und in diesem großartigen Stück.»

152

Carol schloß daraus erfreut, daß Miß Iverson die Millicent spielen würde.

Ihre Freude war noch größer, als sie bei der nächsten Probe Miß Iverson zum ersten Mal spielen sah. Ihre Darstellung der dummen, redseligen Millicent war hervorragend.

«Wir haben deiner Freundin viel zu verdanken, Page», sagte Mike. «Ich glaube nicht, daß Rosamond realisierte, was für eine Bombenrolle sie mit dieser Millicent schuf.»

«Die Iverson ist großartig. Es tut mir schrecklich leid, daß sie dieses Engagement nur für eine Woche hat. Sie könnte das Geld so gut gebrauchen.»

Mike zuckte die Achseln. «Wir vielleicht nicht?»

Carol hörte ihm gar nicht zu. Sie blickte zu der schäbigen Decke mit den Stuckengeln hinauf, an denen die Vergoldung abblätterte.

«Ich bin froh», sagte sie langsam, «daß das Stück hier im Stuyvesant gespielt wird, bevor sie ein Kino daraus machen. So bleibt uns wenigstens eine schöne Erinnerung.»

Mike blickte sie spöttisch an. «Werd nur nicht sentimental, Page.»

Aber ich habe ganz recht, dachte Carol. Das Stuyvesant ist nicht wie irgendein anderes Theater. Die großartigen Stücke, die hier aufgeführt wurden, und die großen Mimen, die hier auftraten, haben ihm sein Gepräge gegeben.

Als Carol sich am Premierenabend an den kleinen Schminktisch setzte, den sie schon als Elevin benutzt hatte, und ihre Utensilien auszupacken begann, kam Rosamond herein. Sie trug ein weinrotes Abendkleid. Ihr Haar war gut frisiert. Sie hatte einen Lippenstift benutzt und sich die Wimpern getuscht.

Das Resultat war erstaunlich. Rosamond war beinahe schön. Und Carol wußte auch warum. Rosamond hatte sich für Mike schön gemacht.

«Wie sehe ich aus?» fragte sie vage.

«Blendend.»

«Meinetwegen», erwiderte Rosamond so uninteressiert, daß es Carol erschütterte.

«Ist etwas passiert?»

Rosamonds tonlose Antwort war mehr ein Selbstgespräch. «Ich habe gar nicht gewußt, wieviel dieses Stück mir bedeutet. Ich habe in letzter Zeit mehr an andere, persönliche Dinge gedacht, und die waren mir wichtiger. Ich muß von Sinnen gewesen sein.

Schließlich habe ich mehr als ein Jahr nur für dieses Stück gelebt. Wenn ich am Morgen erwachte, war mein erster Gedanke das Stück. Auf der Straße, in den Geschäften, in der Untergrund habe ich den Leuten zugehört, um sicher zu sein, daß meine Personen richtig sprechen. Immer nur habe ich an das Stück gedacht. Und jetzt – ich weiß nicht.»

«Das Stück ist gut, Rosamond. Du hast etwas zu sagen – und du sagst es gut.»

Rosamond starrte Carol stumm an. Dann wandte sie sich um und ging hinaus.

Als Carol wieder allein war, saß sie einen Augenblick zitternd auf ihrem Stuhl. «Lampenfieber», sagte sie zu sich selbst.

Aber es war mehr als Lampenfieber. Rosamond hatte in ihrem Stück etwas Wichtiges auszusagen, und es war die Aufgabe der Schauspieler, diese Aussage dem Publikum zu vermitteln.

Mit eiskalten Händen begann sie sich zu schminken. Dann zog sie ihr Kostüm an, und beim Fünf-Minuten-Ruf ging sie in die Kulissen. Mike war auf der Bühne und kontrollierte noch einmal alles.

Er musterte Carol kritisch.

«Hast du Rosamond gesehen?» fragte Carol.

«Hör mir auf damit! Sie schlich wie ein Gespenst hier herum, und ich habe sie an die frische Luft geschickt.»

Carol zog sich in die Kulissen zurück. Jetzt kam Miß Marlowe die Treppe herauf. In ihrer Maske war sie kaum zu erkennen. Völlig in sich versunken, blieb sie neben Carol stehen.

«Hauslichter», ertönte Mikes Stimme. Miß Marlowe glitt auf die Bühne hinaus und setzte sich an den Schreibtisch.

Und wieder Mikes Stimme: «Vorhang hoch.»

Carol hörte weder das Rauschen des Vorhangs noch den Begrüßungsapplaus. Sie wartete darauf, daß Miß Marlowe die Schreibtischschublade öffnete.

Miß Marlowe öffnete sie, und Carol trat durch die Wohnzimmertür und sprach ihre ersten Worte. Miß Marlowe antwortete. Und von diesem Augenblick an wußte Carol: alles geht gut. Sie spürte, daß das Publikum bei allem mitging. Und als der erste Vorhang fiel, klang starker Beifall vom Zuschauerraum herauf.

Zu Beginn des zweiten Aktes stand Carol, deren Auftritt erst fünfzehn Minuten später kam, in den Kulissen. Plötzlich wurde sie gewahr, daß Mike und Rosamond sich dicht hinter ihr befanden.

«Weißt du eigentlich, Rosamond», sagte Mike, «daß du heute fabelhaft aussiehst?»

Rosamonds Antwort erstaunte Carol.

«Danke für das Kompliment», sagte sie wütend. «Und wie würde ich ohne die teure Dauerwelle und das Luxuskleid aussehen?»

«Na, na, na!»

155

«Ich habe gesagt: und wie sehe ich ohne all den teuren Krempel aus?»

«Aber – du gefällst mir doch immer. Ich meine – ich finde dich immer nett.»

Belustigung schwang in Rosamonds Stimme mit, als sie nun fragte: «Und wie findest du, daß Carol aussieht?»

«Carol? Die ist doch ganz in Ordnung. Dieser grüne Lidschatten war eine gute Idee. Und die Frisur paßt auch gut zu der Rolle. Sie sieht jung aus – aber nicht unbedeutend. Und das ist in diesem Fall sehr wichtig.»

Rosamond lachte wieder. «Wirklich», sagte sie, «wie kämst du eigentlich ohne uns beide aus? Irgendwann einmal wirst du ein großer Regisseur, der einen Autor und eine Schauspielerin braucht, auf die er sich verlassen kann. Ich glaube, Mike – Himmel, das Fenster dort muß ins Scheinwerferlicht, schnell!»

Mike verschwand und Rosamond ebenfalls. Carol stand regungslos, teils erfreut, teils verärgert. Es freute sie, daß Rosamond sich mit Mikes Freundschaft zufriedengab, und sie war ärgerlich, weil sie durch dieses Gespräch völlig aus ihrer Rolle gerissen worden war. Sie schloß die Augen und konzentrierte sich nur noch darauf, die Hazel des Stückes zu sein. So wartete sie auf ihr Stichwort.

Am Ende der Aufführung gab es achtzehn Vorhänge, und einer davon war für Carol allein. Sie trat ins Rampenlicht hinaus und verbeugte sich lächelnd, wie sie es vor zwei Jahren bei Miß Marlowe gelernt hatte. Und als der Beifall zu ihr heraufbrauste, war sie selber über ihre Haltung erstaunt.

Beim Zurücktreten zitterten ihr allerdings die Knie, und wie im Traum ging sie in die Kulissen und in ihre Garderobe hinunter.

156

Auf der Treppe versperrte ihr jemand den Weg.

«Gute Arbeit, Kind», sagte eine Stimme.

Carol blickte auf und erkannte Arthur Sweetser.

«Ach, Mr. Sweetser», stammelte sie, «schon längst habe ich Ihnen danken wollen für – für das, was Sie damals zu mir sagten.»

Mr. Sweetser grinste. «Hm. Es hat Sie aber ganz schön wütend gemacht, nicht wahr?»

«Ja. Aber Sie hatten völlig recht.»

«Tapferes Mädchen. Ich habe doch gleich gemerkt, daß in Ihnen etwas steckt.»

Er gab Carol den Weg frei, und sie floh durch eine Menge Besucher, Reporter und Photographen in ihre Garderobe. Mit einem glücklichen Seufzer begann sie, sich abzuschminken.

Sie hatte ihren Bademantel angezogen und war gerade dabei, sich mit Cold Crème einzureiben, als es klopfte.

Der Bote rief: «Miß Page, Miß Marlowe läßt alle auf die Bühne bitten.»

Schnell wischte sie die Cold Crème wieder vom Gesicht und stand auf. Wie nett von Miß Marlowe, ihnen allen nach der Vorstellung zu danken. Das sah ihr ähnlich.

Die meisten Mitspieler standen schon auf der Bühne. Andere Leute waren nicht anwesend. Miß Marlowe war noch in Kostüm und Maske, und ihre Alltagsstimme klang merkwürdig aus dem zerfurchten Greisinnengesicht.

«Ich habe Ihnen etwas zu sagen», begann sie, «das Sie alle freuen wird. Arthur Sweetser war heute abend im Zuschauerraum. Und er hat mir vorgeschlagen, ‹Schwingen› am Broadway aufzuführen. Er ist bereit, eine Laufzeit von vier Monaten zu garantieren. Und wie ich ihn kenne, ist er überzeugt, daß es ein Jahr lang laufen wird. Wir werden diese Woche noch hier spielen

157

und dann an den Broadway übersiedeln. Das Ensemble bleibt beisammen.» Plötzlich wurde ihre Stimme weich. «Das ist alles – und ich danke Ihnen.»

Nachdem sie geendet hatte, herrschte überraschtes Schweigen. Phyllis Marlowe verließ, jedem noch einmal zulächelnd, die Bühne.

Zitternd lehnte Carol sich gegen einen Tisch. Das Stück war ein Erfolg. Es würde ein Broadway-Erfolg werden. Jetzt bin ich gerettet, dachte sie. Ein Jahr Laufzeit!

Die Schauspieler hatten sich inzwischen gefaßt. Aufgeregt und glücklich bildeten sie immer wieder neue Grüppchen. Carol gesellte sich einmal zu diesem, dann wieder zu jenem, bis ihre Aufregung sich ein wenig legte.

Da erst sah sie Miß Iverson, die ganz allein in einer Ecke saß. Die alte Schauspielerin war wie versteinert, das Gesicht völlig ausdruckslos. Carol wollte schnell auf sie zutreten, da sah sie, daß Miß Iverson dicke Tränen über die Wangen liefen.

Carol stahl sich davon und ging in ihre Garderobe. Dort schloß sie sorgfältig die Tür und betrachtete sich dann im Spiegel.

Ich sehe tatsächlich anders aus, dachte sie erstaunt. Ihre Wangen glühten, die großen grünen Augen strahlten, und ihr Haar schimmerte im Garderobenlicht. Aber der Spiegel zeigte nicht mehr das junge Mädchen, das nach der Schule mit einer solchen Leidenschaft beschlossen hatte, Schauspielerin zu werden. Jetzt lagen dunkle Schatten unter den Augen, und die Wangenknochen schienen höher und nicht mehr so weich gerundet. Der Mund war voller und empfindsamer geworden. Sie war nicht mehr so hübsch, aber sie hatte das Gesicht einer Schauspielerin. Und dieses Gesicht war warm und lebendig und ausdrucksvoll. Man sah Intelligenz und

Erfahrung dahinter. Es war ein Gesicht, das zärtlich oder hart oder fröhlich sein konnte – ganz wie Carol es wünschte.

Es lag immer noch ein langer, schwerer Weg vor ihr. Und Carol wußte nur zu gut, daß sie es nur einem Glücksfall zu verdanken hatte, jetzt in einem Erfolgsstück am Broadway auftreten zu können.

«Aber Glück hin oder her», sagte sie zu ihrem Spiegelbild, «die erste Runde habe ich gewonnen.»

Wenn ihr wissen wollt, was Carol schon erlebt hat und was weiter mit ihr geschieht, so lest:

*Carol – Ihr größter Wunsch*

Theater zu spielen, das ist Carols geheimer Wunsch. Aber die Wirklichkeit ist anders und härter, als es sich Carol erträumt hat.

*Carol – Nichts wird einem geschenkt*

Endlich ist Carol Schauspielerin, auch wenn sie nur auf einer Provinzbühne spielt. Vieles geht drunter und drüber – ganz anders, als sie es sich vorgestellt hat.

*Carol – Gewagt und gewonnen*

Man hat nie ausgelernt; das erfährt die junge Schauspielerin Carol. Das Schwierigste jedoch ist, mit dem eigenen Leben fertigzuwerden. Mike steht Carol zur Seite und hilft ihr über vieles hinweg.

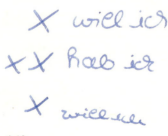

*Der Weg durch den Tunnel*

Thomas machte sich selbst Angst. Er beschloß, nicht mehr an andere Tunnel und Gespenster zu denken. Aber er dachte zum ersten Mal darüber nach, wie er wieder aus diesem Tunnel herauskommen würde. Er war anderthalb Meter tief gefallen, und er bezweifelte, daß er an der zerfallenden Ziegelmauer hochklettern konnte. Aber dieser Tunnel mußte irgendwohin führen: er mußte einen anderen Ausgang haben.

Thomas spürte, daß der Tunnel jetzt bergauf führte. Er ging langsam auf dem glatten Gestein: dann wurde der Tunnel plötzlich breit. Die Mauern waren ungefähr zweieinhalb Meter voneinander entfernt, und lange Steinplatten lagen wie Bänke davor. Thomas setzte sich auf eine von diesen Platten.

»Wofür waren diese Platten?« fragte er sich. »Für die Sklaven, die sich hier verstecken mußten?«

Seine feuchte Hand öffnete und schloß sich um die Taschenlampe. Das kleine Licht konnte die Dunkelheit nicht vertreiben. Thomas fühlte sich verlassen. So mußte den Sklaven auf der Flucht zumute gewesen sein.

Und vielleicht konnten sie es nicht einmal wagen, ein Licht anzuzünden, dachte Thomas. Wie lange mußten sie sich hier unten verstecken? Wie konnten sie das aushalten?

Thomas stand auf und ging weiter. Er setzte vorsichtig einen Fuß vor den anderen: der Tunnel war wieder eng geworden. Von irgendwoher hörte er ein schwaches

Geräusch. Vielleicht war es eine Stimme: Thomas konnte es nicht ausmachen. Er ließ den dünnen Lichtstrahl über die feuchten Mauern kreisen. Die Taschenlampe rutschte ihm aus der Hand. Thomas fing sie zwischen den Knien auf und hielt sie ziemlich lange fest, aber dann fiel sie doch auf den Boden. Er bückte sich schnell, um sie aufzuheben, und trat darauf. Dabei stieß er sie an, sie rollte klirrend davon und schlug gegen die Mauer. Sie war schon vorher verloschen. Jetzt war alles stockfinster. Plötzlich hatte Thomas das Gefühl, daß er nicht mehr allein hier war. Vor ihm, zwischen ihm und dem Loch unter den Verandastufen, wartete irgend etwas auf ihn.
»Papa?« fragte Thomas. Dann hörte er etwas.
»Ahhh, ahhh, ahhh.« Es war kein Ächzen, kein Weinen, und auch kein Lachen. Es war ein Laut voll Verlassenheit, Einsamkeit und Alter.
»Thomas wich zurück. »Nein«, sagte er. »Oh, bitte!«
»Ahhh, ahhh«, sagte irgend etwas. Es war jetzt näher als vorhin. Thomas öffnete den Mund, um zu schreien, aber er brachte keinen Ton heraus.
»Ahhh.« Was immer das sein mochte, jetzt war es ganz nahe. Thomas wich zurück; er drehte sich um und rannte mit ausgestreckten Armen davon, immer tiefer in den Tunnel hinein. Er rannte und rannte, die Augen weit aufgerissen in der Finsternis. Das Ding konnte ihn jeden Augenblick von hinten packen. Das Ding konnte ihn jeden Augenblick mit Kälte lähmen. Es würde ihn wegschleppen. Es würde ihn irgendwo in einem Tunnel festbinden, und kein Mensch fände ihn jemals wieder.

*Entnommen dem Buch:*
*Das Geheimnis der Nachtwanderer*
*von Virginia Hamilton*
*Erschienen im Benziger Verlag*

# Zwei Bildgeschichten

MARIE MARCKS

*Entnommen dem Buch:*
*Rotstrumpf 2 – Das Buch für Mädchen*
*Erschienen im Benziger Verlag*

**Albert Hochheimer**
**Die Straßen der Völker**
252 Seiten. Mit Farb-
tafeln, Karten, Fotos und
Zeichnungen illustriert.
Im 1. Band der neuen
Sachbuchreihe *Entdeckung
und Abenteuer* gibt der
Autor einen farbigen,
an Anekdoten reichen
Überblick über die
großen Handelsstraßen,
Pilgerwege und Militär-
straßen der Völker.

*Auszug aus dem Kapitel*: *Die Pilgerstraßen*

Wie sich die Ankunft im Heiligen Land gestaltete,
beschrieb der Pilger, Ritter Bernhard von Breydenbach,
anno 1485: »Am 27. Tag des Monats Juni fuhren wir
aus Zypern mit gutem Wind und kamen in drei Tagen
an die Stelle des Meeres, von dannen wir das Heilige
Land sehen konnten. Weshalb wir gar sehr erfreut
dasselbe grüßten, und wie es billig war, mit Lobgesang
ein fröhlich und andächtig Tedeum laudamus anstimmten.
Also kamen wir vor die Stadt Jaffa, oder Joppen genannt,
wo unsere Galeeren Anker warfen.

Von dort sandte unser Patron etliche seiner Knechte
gen Rama und Jerusalem, um freies Geleit für die Pilger
bittend. Sechs ganze Tage warteten wir auf dem Meer.
In diesen Tagen fuhren etliche der Schiffsknechte,
Galeoten genannt, auf dem Wasser umher, um Fische
zu fangen; sie wurden von den Heiden gefangen, geschla-
gen und ernstlich verwundet. Zu dieser Zeit fuhren wir

auch mit unserem Patron an Land, um Wein, Brot und Früchte, besonders frühe Trauben, zu kaufen.

Am fünften Tag des Monats Juli kamen die Mamelucken, des Sultans Hofleute, mitsamt dem Trutzelmann, unserem Geleitsmann, und brachten einen Geleitbrief zurück.

Darauf mußten die Brüder aus Peter Landauers Galeere in eine alte Höhle und zerbrochenes Gewölbe fahren, darin sie drei Tage und Nächte verschlossen wurden. Aber durch die Vorsichtigkeit unseres Patrons mußten wir nur eine Nacht in der gleichen Höhle bleiben. Die Heiden schreiben dort alle Christenpilger mit ihren Namen auf und halten sie so lange verschlossen, wie es ihnen beliebt. Aber vor der Höhle kommen die Christen aus der Umgebung von Jerusalem und Rama und bieten Wein, Brot, Garfleisch, Hühner, Eier und Früchte zum Kauf an. Dann brachte man uns Pilger auf Eseln reitend nach Jaffa und von dort nach Rama. Aber als wir kurz vor Rama auf ein langes Feld kamen, mußten wir absteigen von den Eseln und zu Fuß gehen und ein jeder sein Gepäcke selbst tragen, was sehr schwer war, da es heiß war und viel Staub auf dem Wege war. Von Jaffa ritten der Herr von Rama und der Trutzelmann mit zweihundert Pferden zum Geleit mit uns, um uns vor den Heiden, ihren Weibern und Kindern zu schützen, die sich in den Dörfern und auf den Feldern versammelten und mit Steinen in die Pilger warfen, so daß zu Zeiten etliche zu Tode getroffen wurden.

Von Rama zogen wir am elften Tage des Juli um die Mitternachtsstunde gen Jerusalem und ritten die ganze Nacht und den folgenden Tag. Noch am gleichen Abend kamen wir vor die Kirche des Heiligen Grabes, um den Ablaß zu erlangen, und gingen sodann in das Pilgerspital, wo wir unsere Herberge hatten.«

# Macht mit
## beim großen Känguruh-Wettbewerb

## Wir verlosen
## 5 Rollbretter oder 5 Paar Schlittschuhe
## (je nach Wahl)

Bei unserem Känguruh-Wettbewerb können Kinder bis zu 12 Jahren teilnehmen. Sie brauchen nur Känguruh-Punkte zu sammeln. Diese Punkte sind in unserem Känguruh-Magazin am Schluß in jedem Känguruh-Buch und in unserem Kinder- und Jugenbuch-Prospekt »Benziger Bücher-Festival« eingedruckt. Mit 3 Punkten ist die Teilnahme an der Verlosung schon möglich.

Lest auf der nächsten Seite, wie es gemacht wird.

1. Sammle 3 Känguruh-Punkte

2. Klebe sie auf eine Postkarte

3. Schreibe Deine Adresse und Dein Alter drauf
   und was Du als Preis gewinnen möchtest:
   ein Paar Schlittschuhe oder ein Rollbrett

4. Schicke die Karte an folgende Adresse:
   in Deutschland          Benziger Verlag
                           Martinstraße 16—20
                           5000 Köln 1
   in der Schweiz          Benziger Verlag
                           Bellerivestraße 3
                           8008 Zürich

5. Einsendeschluß: 31. März 1978
   (Datum des Poststempels)


Über den Wettbewerb kann keine Korrespondenz geführt
werden. Der Rechtsweg ist ausgeschlossen.